• 衛斯理小說典藏版 41 •

探險

衛斯理
親自演繹衛斯理

《探險》

新之又新的序言，最新的

衛斯理小說從第一次出版至今，歷時已近半世紀，總共出了多少正版，還能計得清，若是連盜版一起算，那就算找外星人來算，也算勿清楚哉！不知能不能也算世界紀錄。

算得清好，算勿清也好，能幾十年來不斷出新版，說明不斷有讀者加入，對作者來說，沒有更值得高興的事了，謝謝所有喜歡衛斯理的人，謝謝謝謝。

倪匡

二〇二〇年六月四日 香港

幾句話

寫了四十多年小説，論者將拙作分為三個時期：早、中、晚。在明窗出版的一批，屬於早期和中期的上半。三個時期的創作風格有相當程度的不同，所以風評不一。本人並無偏愛，但讀友對早期的作品，頗有好評，大抵是由於在早、中期作品之中，主要人物精力充沛，活力無窮，所以使故事曲折多變，小説也就格外吸引。明窗出版社此次重新出版這批作品，正好讓大家來證明這一點。

四十餘年來，新舊讀友不絕，若因此而能有新讀友，不亦快哉！

倪匡

二〇〇五年十一月六日

序言

《探險》這個故事，看下來，好像應該名為「探秘」，因為整個故事，講的是白素兄妹探索他們母親的秘密。白老大堅決不肯透露，事情牽涉極廣，又複雜又神秘，風格也很獨特。但由於有白老大關於人心險惡的一番感嘆，稱為「探險」，也未嘗不可。

要聲明的是：《探險》的故事沒有完，只是上半部，或許只是三部中的第一部。由於故事的發展，在在意料不到，寫作人遇上這種不受控制的情形不多，但一旦遇上了，大都欣喜若狂，因為這種情形，可遇不可求，替寫作帶來無窮樂趣，所以讀者自然更可以得到閱讀的樂趣，故事總會有結束的，只是不在這本書結束罷了。

故事會在哪本書結束呢？在《繼續探險》，也許。

衛斯理（倪匡）

一九九〇年九月二日

香港

目錄

目錄

第一部

白素帶回來的一百五十二卷錄影帶

白素從苗疆回來了。

她曾說過，要留在苗疆三個月到半年，結果，是五個月。在這五個月中，我們有過幾次電話聯絡，那是她離開藍家峒到有長途電話可打的城鎮時，和我聯絡的。我每次都問她：「你留在苗疆，究竟是為什麼，是不是要我來幫助你完成？」

白素的聲音聽來相當疲倦：「你知道我是為了什麼，何必明知故問？」

我確然知道她為什麼要留在苗疆，她說過，她是為了要「改造」那個女野人，女野人在苗語之中，被當作半人半獸的怪物，發音是「紅綾」。

白素為了紅綾而留在苗疆——這一點我知道，我不知道的是，她為什麼要為了紅綾而留在苗疆。

白素看來並沒有要告訴我的意思，我也不便過問。我們太了解對方了。我知道她要是不想說，問了也沒有用。而且，我更明白，她不想說，必然有她不想說的理由——必然是極充分的理由。

雖然她不說需要我幫忙，但確然也有好幾次我想到苗疆去看她。尤其是溫寶裕，很有點「假公濟私」，一直在慫恿我到苗疆去，他正好隨行，也好和藍絲相會，可是我總有許多事要做，總有一千個走不開的原因。

當然，真要走，也實在沒有什麼可以絆得住的，但是我總覺得，白素留在苗疆的決定十分倉猝，像是有什麼不可告人之秘，我要是去了，是怕反倒對她在進行的事有所妨礙，因為我根本不知道她在做什麼。

近來，這種「我不知道白素在做什麼事」的情形，好像愈來愈多了。像上一次，我和溫寶裕在降頭之國，和正反兩派的降頭師周旋的時候，我就知道，白素曾和著名的女性傳奇人物木蘭花有過接觸，曾商議過一些事。但是至今為止，她連提都沒有提過，只是不否認曾和木蘭花作過交談，並且說木蘭花十分精彩，相見恨晚。

又例如，上次，在那個必須化了裝才能參加的拍賣會，我和白素曾打賭，看誰的化裝術不濟，會被對方認出來。那次，我化裝成了一個白種人，把汗毛都染成金色，在會場緊張了半天，沒把白素認出來，以為打賭輸了，垂頭喪氣回去，卻發現了白素留下的字條，說是有重要的事，未能參加打賭——她根本沒有去。

可想而知，那重要的事，一定真的十分重要，可是一直到現在為止，我仍然不知道那是什麼事。

我曾向她提過抗議，把她留下的字條，直送到了她的面前，質問她：「臨陣脱逃，究竟是什麼事？」

白素若無其事地笑，看來絕無意回答我的質詢，反倒一伸手，把字條搶了過去，一下子就撕成碎片。我又道：「除非有合理的解釋，不然，照你的行為來説，你輸了。」

雖然是我和白素誰輸誰贏都沒有什麼大不了。但是我們在作這樣的賭賽之時，就算不是「童心大發」，也是「少年心大發」。白素的好勝性相當強（愈是平日溫柔的人，好勝心強起來，也格外令人吃驚），我估計她不肯認輸，會把臨陣脱逃的原因説出來。

我自認我這樣的「逼供」技巧十分高明——實際上，也確然起了一定作用，因為白素在聽了我的話之後，半轉過身去，過了一分鐘之久，她才道：

「沒有合理的解釋，我認輸了。」

她說得十分沉重，我倒反而為了要緩和氣氛，而打了幾個「哈哈」，自然，以後就再也沒有提起過，所以，我不知道她去做了什麼。

這次，她為什麼要為一個被苗疆靈猴養大的女野人而留在苗疆，我也不了解。

不錯，那女野人紅綾，可以說是一個奇蹟，十分值得研究，也值得使她逐漸回復正常，可是這事交給藍家峒的十二天官去做，已綽綽有餘，何必要親自留在苗疆呢？

在我押着溫寶裕離開苗疆時，也曾問過她這個問題。她分明顧左右而言他，隨便找了一個理由：「我要教她講話，她不能只會講苗語。」

當時我沒有追問下去，因為我看出白素在掩飾着什麼。當你看出別人在掩飾什麼時，再追問下去，非尋根究柢不可，是一件十分無趣的事，雖在至親好友之間，也是可免則免。

我只是咕嚕了一句：「女野人要是能學會說苗語，已經很不錯了。」

那是我確實的想法，因為女野人紅綾，可以在苗疆生活，藍家峒的十二天官，就除了「布努」這種苗語之外，不會其它語言，他們也生活得很好。

「不知道白素在做什麼」這種情形，我當然不是很喜歡，所以，等她打電話告訴我，她已經在機場，很快就可以回來時，我有打算，見了她之後，要好好解決一下這個問題，不然，這種例子愈來愈多，就真的不妙了。

我到機場去接白素，白素一出現，在她身邊的，是兩隻相當大的行李箱，而且，看來十分沉重，白素推行李車，推得相當吃力，我連忙奔過去，和她一起推動行李車，也顯著地感到沉重。

我說了一句：「好傢伙，什麼東西，那麼重。」

白素笑而不答，我正想趁機說：「又要故作神秘，你有太多的事我不知道了。」

可是當我向她看去，看到分別五個月的她，雖然風采依舊，可是神情之中有一股難以形容的惘然之感，那是我以前從來未曾發現過的。

那使我十分吃驚，也十分擔心，也感到在這樣的情形下——假設她有重大的心事，我就不應該去打擾她，等到時機成熟時，她自然會告訴我，我應該相信她的判斷力和決定力，因為我畢竟是她最親的親人。

所以，我把要說的話，硬生生咽了回去，只是不住向她問苗疆的事，她也一一回答。

等到把兩隻大箱子搬上車子時，白素才道：「這兩隻箱子裏有點錄影帶，希望你能認真看一看。」

我連想都沒有想，就一口答應，又順口問了一句：「錄影的內容是什麼？」

白素答道：「紅綾的生活剪影。」

我呆了一呆：紅綾的生活剪影。這個女野人的生活剪影和我有什麼關係呢？白素為什麼要我「認真看一看」？我向白素望去，卻也無法在她的神情之中，得到任何進一步的線索。

回到了住所，把兩隻大箱子搬進去，白素以第一時間把箱子打開，我向打開了的箱子一看，伸手指着箱子，張大了口，說不出話來，雙眼發直，望定了白素。

我雖然沒有發出任何聲音，但是我可以肯定白素一定明白我的意思。

在那兩隻大箱子之中，全是滿滿的盒狀錄影帶，就是大家十分熟悉的那種，看到盒子外都標明，每盒是一百八十分鐘，我估計超過一百盒。

那麼多錄影帶，若是要「認真看一看」，那得花多少時間？就算錄影帶的內容極有趣，也是一樁苦差，何況那只是「紅綾的生活剪影」。

白素深知我的性格，不適宜做這種事，所以我只要張大口望着她，她就可以知道，我的抗議雖然無聲，可是卻強烈無比。

我的抗議有了效，白素嘆了一聲：「一共是一百五十二盒，每天一盒，你可以看到這五個月之中，紅綾的顯著變化。」

我仍然維持着原來的姿勢，白素又嘆了一聲：「你若是真的沒有興趣，可以快速把錄影帶捲過去。」

我知道，白素這樣說，已經可以說是最大的讓步了，我聳了聳肩，白素忽然笑了起來：「我替你找了一個人，陪你看。」

我把她抱近身邊：「你？」

白素笑：「我當然要看——我是百看不厭的，另外一個人是——」

她說到這裏，已傳來了溫寶裕大呼小叫的聲音，他在叫着：「有朋自苗疆來，不亦樂乎。」

他一面叫着，一面跳了進來，捉住了白素的手，用力搖着，他看到了兩大箱錄影帶，又叫了起來：「這是什麼？苗疆實錄？」

白素道：「可以說是，你一定有興趣看。」

溫寶裕全身都在笑，搓着手，連聲叫：「快。快放來看。快放來看。」

我看到錄影帶盒上，全有着編號，我向其中寫着「一」字的一盒，指了一指，溫寶裕立時將之取起來，走向電視機。

直到這時，我才發現溫寶裕不是一個人來的，胡說跟着也進來，只是他的沉靜和溫寶裕的喧鬧跳騰形成強烈的對比，所以幾乎使人不覺得他的存在。

當我看到了他，他才說了一句：「小寶要我來看看苗疆風光。」

我看到溫寶裕這樣興高采烈，就提醒他：「全是女野人紅綾的生活剪影，你別太興奮了。」

溫寶裕向白素一指：「衛夫人告訴我，藍絲對紅綾很有興趣，也有很多她的鏡頭，足可以慰相思之苦。」

這小子是豁出去了，連「相思之苦」那麼肉麻的話，居然也公然宣諸於口。

白素只解釋了一句：「這是你們離去之後的第二天所錄影到的情形，我花了一天的時間，去購置錄影的設備。」

這時，電視熒光屏上，已經有了畫面，人、物、環境，我和溫寶裕到過苗疆，看來自然十分熟悉，可是對胡說而言，卻是新鮮之至。

胡說看到了紅綾的面部特寫時，發出了「啊」地一下驚呼聲：「她有一雙精靈的眼睛。」

白素道：「是，她聰明之極，學習一切，上手之快，出乎意料之外。」

接着，看到了藍絲，溫寶裕手舞足蹈，幾乎沒有要把電視機擁在懷中。

藍絲拿着一隻竹筒製的碗，碗中有黑糊糊的一碗不知什麼東西，她正用一種十分原始的方法，在餵紅綾吃那種東西——她用手指，拈起那黑糊來，放進紅綾的口中，紅綾十分順從，吃得津津有味。

三小時的錄影帶，確然全是「紅綾的生活剪影」——要說明的是，第一卷「編號：（一）」，我是從頭到尾，耐着性子看完的。

一來，因為那是第一卷，二來，有相當多時候，紅綾和藍絲在一起，溫寶裕看得津津有味，三來，要是連一卷都不看完，怕白素會不高興，四來，才開始看紅綾的生活情形，也相當有趣。

而從第二卷開始，我就沒有這樣的耐心了，不過，只要我一看錄影帶，白素就陪在我身邊，作旁白解釋，她的耐心之強和興致之高，令人吃驚。

當紅綾在吃這種黑糊糊的東西時，白素解釋：「那是十二天官和藍絲合力炮製的靈藥，吃了之後，可以使身上的毛髮，回復正常。」

紅綾這時穿上了比較正式的衣服，看來她對穿上衣服不是很習慣，可是又十分喜歡，不住用手去拉扯着衣服，藍絲和白素，已急不及待開始在教她說話，先教她說五官的名稱。

的確，紅綾學說話相當快，第一盒錄影帶，記錄下來的只是一日之間的事，等到天色黑下來的時候，她已經可以字正腔圓地說「眼睛」、「耳朵」、「鼻子」等等了。而每當她說對了，得到了白素和藍絲的嘉獎時，她就十分高興，發出大笑聲來。

那是真正的笑聲，不是吼叫聲——溫寶裕聽到了她的笑聲之後，大是感慨：「我第一次聽到她發出笑聲，就知道她是人，別的生物不會有笑聲，而且，她的笑聲，聽來還十分豪爽。」

是的，紅綾發出的笑聲，十分豪爽，不但豪爽，簡直是肆無忌憚，只有一個毫無機心的人，才會有這樣毫無保留的聲音。

當她笑得高興時，她還會蹦跳，一跳老高，彈跳力之強簡直不可思議，有兩三次，她忽然伸手摟住了白素，抱着白素一起跳了起來，也是可跳高超過一公尺。

至於她自己在跳躍的時候，可以輕而易舉，抓住離地三公尺的樹枝。

在錄影帶中，自然也可以看到，圍在紅綾身邊的苗人，包括十二天官在內，莫不瞪着紅綾，神色駭然。

白素的旁白是：「十二天官十分用心，他們都承認了紅綾是人，是一個從小遭到了意外，流落在苗疆，給靈猴收養了的人。」

第一卷錄影帶，就在這樣的情形下看完，三小時的時間並不算長，溫寶裕意猶未足：「第二卷，再看。」

白素道：「第二天一早，藍絲就離開了，所以從第二卷起，就沒有她。」

溫寶裕大是失望，把第一卷錄影帶取了出來，在手上拋上拋下，白素看透了他的心意：「你可以拿去翻錄，再把原帶還我。」

溫寶裕大是高興，一聲長嘯，向胡説一揮手，一陣風也似，向外掠去。

胡説忙跟到門口，向我道：「衛先生，我怕沒有時間看那麼多，你看完之後，把內容告訴我們。」

我一面答應着，一面立時向白素望去。

我的目的十分明顯，是在詢問白素，是不是可以免役，請她把內容告訴我。

可是白素卻避開了我的目光，顯然她仍然堅持她的意見，要我一卷卷看下去。

從第二卷起，一直到第一百五十二卷為止，我自然無法詳細敘述着每一卷時的情形——真要那麼做的話，要花許多萬文字來記述，我只好簡略地說一說。

先說我看錄影帶的情形，一共超過四百五十小時，就算我每天花十小時來看，也要看一個半月，所以，在很多情形之下，我不理會白素顯着的不滿，是用快速前捲的方式略過去的。看過錄影帶的人都知道，在快速前捲的時候，還是可以看到畫面的，只不過跳動不定和沒有聲音而已。

被我略過去的部分，大多數是紅綾學習語言的過程——她雖然學得很快，可是過程總也很悶人。

就這樣，我也足足花了十二天，每天幾乎廢寢忘食，才把全部錄影帶看完。

看完之後，我也不禁呆了半晌，因為這五個月，發生在紅綾身上的變化，實在太大了。

大約是在十天之後，紅綾身上的長毛，就開始大量脫落，才開始的情形，相當令人吃驚，因為是一片一片脫落的，並不是全部由密變疏，就像是忽然被剃去了一塊那樣子，比全身長毛的時候，還要難看。

才一看到這種情形，我不禁嚇了老大一跳，失聲道：「這女孩子，變得比全身是毛還要難看，這怎麼得了……」

白素大有同感：「開始的時候，我也着急，看下去，你就會放心。」

我沒有再說什麼，白素在略停了一停之後，又道：「你對她倒也很關心。」

我笑了起來：「你為她留在苗疆，照顧這女野人，要是把她弄成這麼難看，那是你的失敗。」

我的回答，用意十分明顯——我只是關心白素的成敗，並不是關心紅綾。

白素聽了之後，沒有再說什麼。在紅綾身上的長毛大片大片褪下來的時候，她的樣子，真正難看之極，可是褪了長毛之後的皮膚，先是呈現一種十分難看的肉紅色，但過了三四天，就漸漸變成了正常的顏色。

我看到這一部分的時候，又略有意見發表：「很顯然，她是亞洲人。」

白素同意：「範圍可以縮得更狹窄一些，她是黃種人。」

我點了點頭，亞洲人的範圍比較大，印尼有大量的棕種人，印度有雅利安白種人。黃種人的範圍就狹窄得多。我試探地道：「可以縮窄為中國人。」

白素卻沒有回答。

在那十來天之中，紅綾的外形在改變，她的內在也在改變，她學習語言的能力，十分驚人。一定是白素和十二天官同時在教她說話，白素教的，是中國的北方話，十二天官教的自然是屬於苗語族系的「布努」。

即使對一個正常的人來說，同時學習兩種截然不同的語言，也是一件十分困難的事，何況紅綾從來不知道什麼是語言，她的發音組織，更適合咆哮呼叫，對於言語的複雜音節，對她來說，應該艱難之極。可是，正如白素所說，紅綾有過人的智力，兩種完全不同的語言，她學得極快，而且，她知道看到什麼人，該使用哪一種語言。

這種情形，看得我目瞪口呆。

白素的說法是：「紅綾的腦部，二十年來，一直在渴求知識，人類的知識，可是她卻得不到，一旦得到了，她吸收知識的能力之強，真叫人吃驚，想不到一個野人，連一身長毛都沒有掉清，就可以說簡單的會話了。」

我也歎為觀止：「而且是兩種不同的語言。」

當然，我也不忘讚揚白素：「難得你一見她，就看得出她是可造之才。」

白素現出十分高興的神情。

在錄影帶中可以看出，紅綾對白素十分依戀，幾乎寸步不離，有幾次，顯然是白素為了方便攝影，要她後退幾步，可是紅綾卻踟躕着不肯後退。

大約一個月之後，紅綾頭臉上的長毛，已經褪盡了，只留下該生長頭髮的地方，有寸許長的頭髮，看來又密又硬，和她的臉型，相當配合。

她的左頰之上，有一道疤痕，想來是她在和靈猴一起生活的時候，不知在什麼情形下碰撞受傷所留下來的。除此之外，她頭臉上沒有什麼其它的疤痕，可以說是一個奇蹟了。白素替她拍了很多特寫，她當然說不上美麗，可是濃眉大眼闊嘴，卻也有另一股難以形容的爽朗和英氣。尤其是她的一雙眼睛，目光炯炯，叫人不敢逼視，十分特別。而且她的雙眼之中所透露的那種精靈的光芒，叫人絕猜不到她在不久之前，還是一個只懂得吼叫的野人。

她的眼神，甚至有充滿了智慧的狡黠。

在這期間，白素也教她拳腳功夫——在這方面，紅綾的進境更快，動作再複雜，一學就會，難度再高，對她來說，都不成問題。

兩個月之後，她身上的長毛盡皆褪去，再也沒有野人的痕迹，苗寨的婦女也敢和她親近，有一卷錄影帶，拍的是苗女打扮紅綾的情形。

女性畢竟是女性，平時跳騰不定，沒有一刻安靜，連坐着的時候，也會忽然姿勢改變，可能整個人都會跳起來，這時，居然坐着一動不動，任一眾婦女，替她裝扮，可知她也喜歡自己變得美麗。

苗家婦女按苗人的傳統服飾裝扮紅綾，扮好了之後，我看了也不禁喝了一聲彩——紅綾看來，精神奕奕，絕不比藍家峒的其她苗女差。

我嘆了一聲：「好傢伙，簡直是脫胎換骨了。」

白素一揚眉：「這不算什麼，她還會有更大的改變。」

我向白素望去：「你進一步的計劃是——」

白素笑而不答，我突然感到十分不妙，一下子跳了起來，伸手指着她。

第二部

陳穀子爛芝麻的往年事

由於我心中所感到的「不妙」，簡直是不妙到了極點，所以令得我一時之間，只是指着白素，卻說不出話來。

白素的反應也很怪，她狠狠瞪了我一眼，然後偏過頭去，不再看我，由得我指着她。

我想說什麼，可是終於什麼也沒有說，就放下了手來。

我什麼也不說的原因，是由於我想到，事情可能不至於這樣不妙。

而且，就算事情真是那樣不妙，如果那是白素的決定，我也沒有能力改變，還是不要說什麼的好。

在接下來的錄影帶中，紅綾的進展，更是一日千里，她可以和白素進行十分有系統的對答了。

白素開始在盤問她童年的記憶。

這一大段，很惹人注意，白素不斷在誘導紅綾，希望紅綾說出她是如何會來到苗疆和靈猴在一起的，也看得出紅綾完全明白白素的意思。

可是紅綾卻說不出所以然來，她現出一片惘然的神情，不住重複：「我不知道，我不知道自己怎麼會和靈猴在一起的。」

白素的問題，甚至十分殘忍：「你不會一出生就和靈猴在一起，想想，想想你最早的記憶。」

每當聽到白素那樣說的時候，紅綾就會發怔——她自然不單是發呆，而是真的在苦苦思索，那對於一個才學會如何運用腦部活動來進行思索的人來說，實在是一件十分痛苦的事，這一點，在她的神情上，可以看得出來。在好些鏡頭，甚至可以清楚地看到，有老大的汗珠自她的臉上滲出來。

每當有這種情形，白素就替她抹汗，把她摟在懷裏，輕拍她的背。

紅綾的體型比白素壯健得多，可是在這種情形下，她卻十分享受白素對她的親熱，咧着嘴，現出極其滿足的笑容來。

這大約已是三個月之後的事了。

我看到白素一再逼紅綾回憶，而紅綾顯然感到痛苦，我有點反感，第三次提出：「你這樣問她，並沒有用處，她可能在根本還沒有記憶能力的時候，就已經和靈猴在一起了。」

白素默然不語，神情沉思。

我在她的後腦上輕輕拍了一下：「以你的聰敏伶俐，人間也算罕有的了，你能有的記憶，最早可以追溯到什麼時候？」

白素對這個問題回答得十分認真，過了好一會，她才道：「兩歲多，三歲不到，我記得最早的事，是爹帶我去和他的一些朋友聚會，他的那些朋友，都是平時和他玩慣的，一見了我，決定和他開一個玩笑——」

白素說到這裏，我不禁直了直身子。

這件事我知道，白素早就向我說過，而且，也不必那麼模糊地說什麼「兩歲多三歲不到」，而是可以肯定的，那年，她兩歲八個月。

我讚白素聰敏伶俐，倒不是肉麻的恭維，而是真的，她兩歲就會說話，兩歲八個月，已能背誦好些詩詞了。白老大帶着她去向朋友炫耀，那五六個朋友和白老大開玩笑，其中的一個，先一把抱了白素過去，將她高舉了起來，突然將她整個人，向另一個人拋了過去。

另一個把她接住，又拋給了別人——這些人全是身負絕頂功夫的人，把一個小女孩子拋來拋去，自然不當是一回事。

白老大在一開始，還沉得住氣，知道自己也曾教過白素一些拳腳功夫，白素的膽子，也一向極大，所以只是笑嘻嘻地看着。

可是，那些人把白素愈拋愈高，愈拋愈遠，白素自始至終，一聲也沒有出過，白老大就沉不住氣了，先還打着哈哈，要各人停手。

可是各人看出白老大發了急，如何肯停手？格外玩得起勁，逼得白老大終於出了手，大顯神通，一招「八方風雨」，拳腳兼施，身形如飛，把那五六個人一起逼了開去。

正待一伸手去把自半空中落下的白素接在手中時，白素卻在半空中一個「鯉魚打挺」，接着一式「平沙落雁」，輕輕巧巧，落了下來，笑盈盈地，了無懼色，還朗聲說了一句：「原來人會飛，那麼有趣。」

白老大在敘述這段往事之際，最後說：「我過去，把她一把摟在懷裏，登時覺得，天地之間，再也沒有比她更可愛的孩子了。」

白素則說：「絕大多數的父母，都是這樣說自己的孩子的。」

白老大卻十分正經：「你不然，你就是那麼特別，後來我抱住了你打轉，你還在耳邊安慰我，說以後再有這樣的情形，叫我不必怕。」

當時，我和白素新婚不久，我高舉雙手，叫了起來：「我不相信一個三歲的孩子會這樣鎮定。」

白老大呵呵笑：「不是三歲，是兩歲八個月。」

（這是一段往事，這時我詳細寫出來，一則是為了事情的本身相當有趣。二來，是其中還有一些關連，十分值得注意之故。）

（那是白素還是幼兒時的事，很久之前的事了。）

白老大說了之後，又指着我：「你娶到這樣的老婆，是你一生的福分。」

這句話，我自然同意，所以也不顧白老大就在身前，一把拉過了白素，不肯放開她。反正白老大性格開放，絕不以為有什麼不對——有些上年紀的人看不得兒輩和異性親熱，那是傳統的一種心理變態。

我記得十分清楚，當時的氣氛，甜蜜之極，說這些的時候，是在一艘船的甲板上，只有我們三個人，說笑喝酒，談天說地，何等愉快。

可是我只說了一句話，就把整個氣氛完全破壞了。

當然，我是絕未曾料到一句普通的話，會起到這樣的壞作用的，要是知道，我也絕不會說出口了。然而，我也不是全然無意，多少也有一點故意的成分在內——看我敘述下去，各位自會明白。

當時，我指着白老大：「幸好你武功高，能把那幾個人逼開去，要是白素的媽媽也在，只怕她女人家，就會忍不住要驚叫了。」

就是這麼一句話壞了事。

時空交錯，在我看錄影帶，看到白素屢次要紅綾回憶幼年時的情形時，只是問了她一句「你最早可以記起什麼時候的事來」，她就說起這件被人拋高的事來，她說她可以十分清楚地記得這件事，不但是當時人在「騰雲駕霧」時的感覺，而且也記得落地之後所說的話。

就是因為今時今日，問了白素這句話，牽扯到了白素兒時的事，也牽扯出了在船上，白老大、白素和我，聽白老大講這件事的往事。

北方人稱往事叫「陳穀子爛芝麻」，可是我在敘述故事的過程中，一直把聽我叙述的人，當作朋友——這些往事，既然都和我，和白素有一定的關係，自然也會感到興趣的，尤其是多年來的老朋友，必然不會怪我在往事之中打圈子的。

當時，我提起了白素的媽媽，一半是順口，想起了這種驚險的情形，白老大是非常人，尚且沉不住氣，若是婦道人家，必然會大驚失色。

另外一半，是那時，我認識白老大，白素的家人，和白素結婚都好幾年了，可是卻從來沒有見過白素的母親。非但沒有見過，連提都不曾聽任何人提起過——白老大不提起他的妻子，白素不提起她的母親。

這是一種十分怪異的現象——現在我年紀大了，自然知道，有這種怪異現象的發生，自然是有不可告人的隱秘的緣故，而且，這種隱秘，也絕不歡迎他人提起的。我雖然已娶白素為妻，但是根據中國的傳統，我始終是白家的外人，中國有許多家庭的技藝和隱秘，就有「傳子不傳婿」的規定。

可是當時我年紀輕，在認識白素不到三個月，就發現了這個怪異的情形，就問白素：「怎麼一回事，你家裏有個隱形人……」

白素何等聰明，一聽就知道了：「你是説我的媽媽？」

我點了點頭，白素嘆了一聲：「我不知道，我不知道我媽媽是什麼樣子的人，也不知道她現在在哪裏，怎麼樣，全不知道。」

我更是訝異：「這像話嗎？難道令兄妹從來不向令尊發問？」

白素又呆了半晌，她發怔的樣子，十分動人，也十分令人憐惜，所以我不住在她臉頰上輕吻着。

（看，陳年往事，也很有風光旖旎的一面。）

白素終於發出了一下嘆息聲：「自我懂事起，我就問過，有時是我一個人問，有時是和我哥哥一起問，可以爹只是説同一句話：等你們大了再告訴你們。」

我急忙道：「現在你們都已大了啊。」

白素並沒有理會我的這句話，自顧自道：「爹對哥哥相當嚴，可是對我，真正是千依百順，可就是這件事，他不肯做，不論我怎樣哭鬧、哀求、撒嬌，他都是這句話，等我大了才告訴我。八歲那年，我為了想知道自己媽媽的情形，就絕食威脅。」

我聽到這裏，不禁又是駭然，又是好笑，伸了伸舌頭：「不得了，那是繼甘地為印度獨立而進行的絕食之後最偉大的行動。」

白素瞪了我一眼，像是我不應該開玩笑，我忙作了一個鬼臉，表示歉意。

白素續道：「爹見我怎麼也不肯吃東西，他就寸步不離，和我一起餓——」

我聽到這裏，大叫起來：「那不公平，他……那時正當盛年，又會絕頂武功，一個月也餓不壞他，你可只是一個八歲的孩子。」

白素幽幽地道：「你都想到了，他會想不到嗎？到了第三天，我仍然不肯進食，已經站也站不直了，他就說，我能頂三十天，你連三天也頂不住，這樣吧，公平一點，一日三餐，你少吃一餐，我就戳自己一刀。」

我大是駭然，難怪白素剛才怪我不該開玩笑了，因為白老大是說得出做得到的。

白素道：「爹說着，就翻手抓了一柄匕首在手——他有一柄十分鋒利的匕首，一出手，就向大腿上刺了下去，我伸手去抓，哪裏抓得住，刺進了一半，血濺了出來，我又驚又恐，抱住了他大哭：『不就是要你告訴我……我媽媽的事嗎，何至於這樣。』」

白素說到那時候，仍不免淚盈於睫，可知當時她抱住白老大之際，是如何傷心。

白素停了一會，才又道：「爹也抱住了我，說的還是那一句話：等你們大了，才告訴你們。」當時，我聽得興趣盎然，也暗自在心中作了種種的猜測和假設，但因為事情涉及白素的父母，而且設想之際，總難免有點不敬之處，所以我一直藏在心中，沒有公開出來過。

白素道：「從那次起，我再也沒有問過，哥哥知道了這件事，和我商議了很久，也主張不問，等我們長大了再說。」

我道：「令尊不說，他在江湖上有那麼多朋友，全是你們的叔伯，可以問他們。」

白素嘆了一聲：「是，爹很有些生死之交，有的是從少年時就混在一起的，爹的一切生活，他們一定知道。我還怕一個人去問不夠力量，是聯合了哥哥一起去的，幾乎對每一個前輩都聲淚俱下。」

我本來想問「結果怎麼樣」的，但一轉念間，就沒有問出來，因為我們在討論這個問題時，白素顯然還未曾解開這個謎，那當然是沒有結果了。而更值得一提的是，我們討論這個問題的時候，白素當然已經長大成年了，她已經是我的妻子，可是她仍然不知道她母親之謎，是白老大食了言，還是又發生了什麼意外，這也是我急切想知道的。所以，可以不說的話，我自然不再說。

白素緩緩搖了搖頭：「那些叔叔伯伯，給我們問得急了，甚至指天發誓，說他們真的不知道——竟像是我們兩人，是從石頭中蹦出來的一樣。」

我想問一句，會不會兩兄妹是白老大收養的呢？可是還是想了一想，就沒有問出來，因為白素是我的妻子，我也見過白奇偉和白老大，三個人之間，十分相似，白奇偉尤其酷似乃父，遺傳因子在他們兄妹之間，起着十分明顯的作用，若不是親生骨肉，不會有這種情形。

白素顯然知道我在想什麼，所以她道：「我們也曾懷疑過父親是不是我們的親生父親，但是我們都十分像父親，這種懷疑，自然也不能成立。問來問去，只問到了一位老人家，是最早見過我們的。」

我聽到這裏，就急不及待地問：「這老人家怎麼說？」

當時白素側着頭，想了一會，像是在回想那位老人家所說的每一個字。她道：「那老人家說，你父親雲遊四海，結交朋友，行蹤飄忽，經常一年半載不見人影，我記得，是十四年前——」

白素說到這裏，頓了一頓，才又道：「那年，我剛好是十四歲。」

白素這樣講，也就是說，那位老人家說起的，是白素出世那年的事。

白素繼續轉述那位老人家的話：「老人家說：我記得是十四年前的事，你今年十四歲了吧。小伙子應該是十六歲了？日子過得真快，我們都老了。」

老人家口中的「小伙子」，自然是白奇偉，因為他們是兄妹聯合出動的。

老人家說話不免囉嗦，在感嘆了一陣之後，又道：「我初見你的時候，你還在襁褓之中，一張小臉，白裏透紅，小伙子才會說幾句話，身子倒是很粗壯的，我也曾向令尊問了一句：嫂夫人呢？怎麼不請出來見？」

老人家說到這裏，也現出了怪異莫名的神色來，停了好一會才繼續下去：「我和令尊是那麼深的交情，怎麼也想不到，我說了一句那麼普通又合情合理的話，令尊會突然大怒，他一翻手腕，就掣出了一柄匕首來，青筋畢綻，臉漲得通紅，大喝：是我的朋友，再也別提起這兩個孩子的娘，要不，現在就割袍絕交。」

老人家雙眼睜得極大，神情駭然：「在這種情形下，我還能說別的嗎？只好連聲道：不提，不提。不提就不提，一輩子再也不提。」

白素兄妹兩人聽得老人家這樣說，不禁面面相覷，知道問不出什麼來了。可是老人家又作了一點補充，倒令他們多少有了一點線索。

老人家看到兄妹兩人失望的神情，不免嘆息：「在江湖上討日子的人，講的是一個『信』字，答應過不提的，自然不能再提，我後來和很多老朋友，背着你爹，大家討論過這事，都一致認為，白老大可能在女人面前栽了觔斗，他是個好勝性極強的人，所以就再也不願人提起了。」

老人家又安慰白素兄妹：「令尊說等你們長大了就告訴你們真相，那也沒有多少日子了。」

白素兄妹無可奈何，正要向老人告辭的時候，老人家又道：「我那次見到你們兄妹兩人，令尊才遠遊回來，他是三年前出發的，先是到四川去，和當地的袍哥去聯絡，陸續有人在四川各地見過他，後來，足有兩年，全無音訊，我見到他的時候，只覺他滿面風塵，顯然是遠行甫歸，連説話也有四川音，小女娃——那就是你，頸間還套着一個十分精緻的銀項圈，看來也像是四川、雲南一帶的精巧手工。」

白素兩兄妹連忙問：「那麼説，我們的母親，有可能是四川女子？」

老人家搖頭道：「那就不知道了，令尊足有兩年不知所蹤，誰知道他和什麼地方的女子成了婚配？」

這算是唯一的線索，但是也一無用處，無法對解開謎團起作用。

我用眼色表示心中的疑惑，因為我不知白老大用什麼方法，可以令謎團維持到白素兄妹成年。

白素道：「在見完了那些叔叔伯伯之後，我和哥哥一起去問爹，哥問的是：『爹，什麼時候，才叫做成年？我今年十六歲了。』爹答得十分認真，而且肯定：『十八歲，可以説成年了。』哥和我互望了一眼，心想，再等兩年就成了。」

白素說得很詳細，我耐心聽着，這是他們白家的怪事，我自然大有興趣。

白素吸了一口氣：「哥哥終於十八歲了，他過生日那一天，爹十分隆重，請了許多在江湖上有身分有頭臉的人物來，把哥哥介紹出去，以後在社會上立足，好有個照應，哥哥和我商量過，強忍着，一直到深更半夜，只剩下我們父子三人了，哥哥才又把這個問題，提了出來。」

我聽到這裏，失聲道：「白老爺子這可不能再推搪了，一定得說出秘密來了吧。」

白素苦笑：「哥哥才問了一半，爹就作了一個阻止他再說下去的手勢，說道：『你成年了，你妹妹可還沒有成年。』我一聽，忙道：『我可以不聽，你說給哥哥一個人聽就可以了。』我說着，轉身就走。」

我拍掌道：「好主意，令兄若是知悉了秘密，自然會說給你聽。」

白素瞪了我一眼，像是我想得太天真了。我攤了攤手，表示不明白白老大如何再推搪。

白素嘆了一聲：「爹一聽，就叫住了我，對哥哥道：『你成年了，你妹妹還沒有成年，我要是告訴了你，你們兄妹情深，你一定會告訴她。可是你一知道之後，也會明白事情是絕不能告訴她的，那必然令你們兄妹疏遠，感情大起變化。』我們想不到他會這樣說，都傻了眼。」

我也大是不平：「這簡直是撒賴了。」

白素苦笑：「爹自己也知道有點說不過去，所以又向我們動之以情，他又道：『而且，這……事，是我有生之年，絕不願再提起的，你們一定要追問，我沒有法子，可是總要你們體諒一下老父的苦處，這事現今說一遍，兩年後小素成年了，再說一遍，那會要了我的老命，你們又於心何忍。』他說到後來，雖然沒有落淚，可是也已經雙眼潤濕了。」

白素說到這裏，呆了一會，才又道：「爹那時正當壯年，他為人何等氣概，平日意態豪邁，龍行虎步，只聽到過他響遍雲霄的縱笑聲和睥睨天下英雄的狂態，幾時曾見過他這等模樣來？我和哥哥當時就抱住了他，答應等我成年了一起說。」

我用力拍了一下大腿：「你們上當了。」

白素笑得很佻皮：「自然，事後一想，我們也明白了，我心中暗罵了爹一聲『老狐狸』，這是我對爹的第一次不敬。」

我哈哈大笑：「一之為甚，其可再乎？」

我的意思是，對父親的不敬，有了第一次，難道還可以有第二次嗎？

白素沒有立時回答，我接上去：「兩年很快就過去，白大小姐，終於十八歲了，自然，白老大也有十分隆重的安排，等到夜闌人靜，兩兄妹自然又該發問了。」

白素閉上眼睛一會，像是在回想當時的情形，過了一會，才道：「那一晚，是爹主動提起的，他把我們叫進小書房，我緊張得心頭亂跳，因為很快就可以知道自己生身之母的秘密了。」進了小書房之後發生的事，白素、白奇偉、白老大三個人之間的對話，後來，白奇偉也向我說過，和白素的敘述完全一樣。

第三部

白老大血濺小書房

他們兩兄妹對那一晚發生的事，印象十分深刻，所以細節都記得十分清楚。

進了小書房，坐了下來，兄妹兩人互望一眼，心中十分緊張，白老大先點着了一支雪茄，噴了兩口，長嘆一聲，現出十分疲倦的神情，又伸出大手，在他自己的臉上，重重撫摸了一下，開口道：「知道我為什麼一定要等你們成年嗎？」

兄妹兩人齊聲道：「我們成年了，自然會懂事。」

兩人知道，關於自己的母親，一定有極大的隱秘在，不然，白老大不會那麼不願意提起，直到那時，在他的口中，絕未曾冒出過類似「你們母親」這樣的話來過。

白老大點頭：「是啊，年紀大了，不一定懂事，只有成年人，才懂事，不懂事的，就是未成年。」

兄妹兩人心知父親不是說話轉彎抹角的人，心中都想：或許是由於他實在不願提起這件事，所以拖得一刻便一刻，若是催他，那變成相逼了，所以兩人都不出聲。

白老大又長嘆一聲：「和懂事的成年人說話，容易得多——實告訴你們，你們想知道的事，我絕不會告訴你們。」

白素兄妹兩人，不論事先如何想，都絕想不到父親竟然會講出這樣的話來。

多少年的等待，就是等的這一刻，可是到了這一刻，白老大居然幾近無賴，說出這樣的話來。

剎那之間，白素只覺得委曲無比，她有生以來，第一次有那麼難過的感覺，而且這一次，又是她十八歲的生日，是她作為成年人的開始，是不是要嘗到那麼傷痛的感覺，是作為一個成年人的必須代價呢？

白素的第一個反應，是「哇」地一聲，哭了出來，淚如泉湧。

白素是一個十分堅強的女子，她絕不輕易流淚，可是當她向我說起那晚上在小書房中發生的事時，她仍然十分激動，仍然淚盈於睫。她道：「你想想看，給人欺騙的感覺是多麼難受，日思夜想，以為自己想知道的，有關自己母親的秘密可以揭曉，但結果卻是遭了欺騙，而騙自己的，偏偏又是自己的爸爸，最親的親人，我在那種情形下痛哭失聲——」

她說到這裏，我就立即接了上去：「是自然的反應，再自然不過了。」

白素聽得我這樣說，緊緊握住了我的手，那時，她仍然由於情緒激動，手心冰涼，而且冒着汗。

把時間回到白素十八歲生日的那天，把空間回到小書房中。白素「哇」地一聲，哭了出來，白奇偉面色黯青，在那一剎之間，雖然親如父子父女，但是可以肯定，白素兄妹對白老大，也有一定的恨意。

白奇偉沒有哭，只是緊緊地咬着牙，額上青筋暴綻，急速地喘着氣。

白奇偉對白老大的恨意，可能在白素之上，白素那時，一面哭，一面心中不斷地在叫：「騙子。騙子。」

那是她對父親的第二次「腹誹」，自然大是不敬，可是在那樣的情形下，也是難免的了。

而白奇偉是男孩子，遭到了父親這樣近乎戲弄的欺騙，心中不但難受，而且憤怒，他的性格十分高傲，受了這樣的刺激之後，有一個時期，行事十分任性，甚至接近乖張，不近人情，像是故意做給他老子看的，白老大自然心裏明白，但也無可奈何。

我和白奇偉初相識的時候，就處在完全敵對的地位，幾番拚鬥，都是你死我活、生死一線的真正決鬥，這一切，我早記述在《地底奇人》這個故事之中了——而現在所說的，白素十八歲生日，小書房中發生的事，還在《地底奇人》這個故事之前。

當時，白老大的情形，也好不到哪裏去。他知道自己這番混賴的話一出口，實在也必然難以接受，而且不會諒解。這時候，他能運用的最有效的武器，自然是他作為父親的權威。

在中國人的家庭之中，父親的權威，確然可以起很大的作用，白老大向白素兄妹看了一眼，暴喝道：「幹什麼？一個放聲痛哭，當老子死了？一個攥緊了拳頭，是不是想打老子？」

白素哭得傷心，根本無法反駁，白奇偉咬緊牙關，只怕一開口，說出來的話會十分難聽，所以也不出聲。白老大一掌拍在一支茶几之上，這一掌，他還真用了大力，「嘩啦」一聲，將一張紫檀木茶几拍得四分五裂，他又大喝道：「以為你們成年了，誰知道你們還是那麼幼稚，白費了我多年養育你們的心血。」

白老大責備得聲色俱厲，他以為在自己的盛怒之下，白素兄妹自然噤若寒蟬，再也不敢出聲了，他準備再罵上幾句，就「鳴金收兵」，心想白素兄妹一時氣憤難平，過一時期，就會沒事了。可是，白老大卻對他一雙兒女，估計得太低了。

白奇偉和白素那時，年紀雖然還輕，可是性格才能，早已形成，他們在一聽了白老大的話之後，一個失聲痛哭，一個呆若木雞，全然是由於實在意料不到，感到了極度的委曲之故。

等到白老大暴怒直斥的時候，他們反倒從極度的驚惶失措的情形之中鎮定了下來，知道事情不是靠哭和發呆可以解決，必須抗爭。

一想到了要抗爭，白素兄妹，自然有無限的勇氣，最出於白老大意料之外的，首先反倒是平時對父親順從得叫人心疼的女兒先發難。

白素陡然止住了哭聲，她的聲音之中，還充滿了哭音，氣息也不是十分暢順，可是她的態度，卻堅決無比，她陡然叫了起來：「不行。是你自己答應的，等我們成年，就把一切告訴我們。」

白奇偉這時也陡然叫了起來：「虎毒不吃兒，你卻連自己的兒女都要騙。」

白奇偉的指摘，比白素的話，嚴重得多，而且是嚴重的冒犯，白老大面色鐵青，暴喝：「你說什麼？」

白老大一真正發怒，神態何等懾人，可是白奇偉性格強項，一點也不畏懼，竟然把那一句話，一字一頓，又講了一遍。

後果自然是可想而知，他話還沒有說完，白老大就大喝一聲：「畜牲。」隨着一聲斥罵，一巴掌已摑到了白奇偉的臉上。

白老大的出手何等之重，這一掌，打得白奇偉一個踉蹌，跌出了一步，半邊臉上，立時現出又紅又腫的手指印，而在手指印之外的地方，則又青又白，看起來，詭異可怕之極。

白素一見哥哥捱了打，那一掌，雖然不是打在她的臉上，可是也令得她心痛無比，她站向白奇偉的身邊，昂首挺胸，對着盛怒的父親，以無比的勇氣，大聲道：「我的意思和哥哥一樣，你騙我們。」

白老大又是一聲怒喝，大手再度揚了起來，待向白素打去，可是他一眼看到白素的俏臉，心中再暴怒，畢竟女兒還是痛惜的，這一掌如何摑得下去，手僵在半空，雖然沒有打下去，可是掌風已然令得白素俏臉生疼。

白素昂着臉，一點也不退縮，白老大的手停在半空，情形十分僵，他在等白素躲開去，好讓他下台。可是白素的脾氣犟起來，比什麼人都甚，就是一動不動，等白老大打下去。

這時候，在小書房中，只有他們三個人，若是另外還有別人，勸上兩句，或者將白素兄妹拉開去，自然也可以沒有事了。而這時，三個人由於情緒的激動而一定程度地喪失了理智，尤其是白奇偉，才捱了一掌，那一掌打得他眼前金星直冒，奇痛徹骨。更是怒火中燒，自然也口不擇言。

他一看到白老大的手僵在半空，打不下去，而白素又沒有退避的意思，心中感到了一陣快意——打他的是白老大，他再喪失理智，也不敢還手打老子，所以只好採用另一個途徑，以泄心頭之憤。

他忍着痛，一聲長笑，聲音淒厲地道：「打啊！好掌力，打啊！我們的母親，說不定就是叫這種好掌力打死的。所以才萬萬不能說。」

白奇偉在盛怒之下說出了這樣的話來，白素在當時，就知道要糟，她首先想到的是父親會再次對哥哥出手，所以她第一個反應，就是一側身，用肩頭向白奇偉撞去，想把白奇偉撞開去，免得白老大再出手打中他。

可是白奇偉也豁出去了，一動也不動，反將白素彈開了半步，同時又厲聲叫：「讓他打。」

而這時候，事情又有了出乎意料之外的變化，只見突然之間，白老大的臉色，變得血一樣紅，紅得簡直可以滴出血來。

我在聽白素和白奇偉說起在小書房中發生的事，聽到白老大的臉色比血還紅時，雖然明知白老大身體沒有事，可是也忍不住吃驚，發出了「啊」地一下驚呼聲。

修習中國內家武術的人都知道，內家武術，又稱氣功，練的是體內的真氣，體內有一股內息在運轉，這股內息，有它一定的運行路線。而一旦有了極度的傷痛，過甚的驚恐，或是突如其來的巨大的刺激，一不小心，內息離開了應該運行的路線，那是一種十分危險的事。這種情形，有一個專門名稱，叫作「走火入魔」。

而一旦發生了這種危機，受害人的臉色，或是血紅，或是鐵青，並沒有一定，視乎這個人的交感神經和副交感神經的旋轉方向而定，就像是有些人喝了酒臉紅，有些人喝了酒臉青一樣。

白老大突然之間面色如血，自然是內息入了岔道之故，可以說是危險之極了。

白素兄妹一看到這種情形，他們自小習武，自然一看就知道發生了什麼事，陡然之間，如同一桶冰水，兜頭淋了下來，從激動的情緒中醒了過來。

兩人不約而同，叫了一聲「爹。」

兩人一面叫，一面撲向前去，一邊一個，抓住了白老大的手臂，想按着白老大坐下來，保持和平日練功時一樣的姿勢，好令得內息再度暢順。

可是兩人才一握住了白老大的手臂，還沒有發力，白老大就雙臂一振，那一振的力度極大，兩人被振得扯跌了開去，白奇偉撞倒了一個書架，白素則跌在一張椅子上。

白老大振開了兩人，張大了口，發不出聲音來，滿臉血紅，樣子可怕之極，像是他整個頭，會在一剎那間爆碎開來，化為一團血漿。

白素兄妹兩人，看到了這樣的情形，當真是心膽俱裂，又齊聲大叫了一聲：「爹。」

隨着他們的這一叫，白老大雙臂回轉，「砰砰」兩聲響，重重兩掌，擊在他自己的胸口。

接着，自他張大了的口中，發出了一下可怕之極的吼叫聲，隨着那一聲叫，一大口鮮血，狂噴而出，簡直如同灑下了一蓬血雨。

噴了一口鮮血之後，他再是一聲大叫，第二口鮮血，又自噴出，小書房之中，到處是血迹斑斑，怵目驚心至於極點。

白素兄妹再度撲向前去，抓住白老大的手臂。

兩口結鬱在心口的鮮血一噴出來，白老大的臉色，蒼白無比，身子也軟弱無力，由得白素兄妹扶着，盤腿坐了下來。

這時，兄妹兩人互望，心中也不免大有悔意，只是誰也不說出來，兩人都覺得，無論怎樣，若是將老子夾生逼死了，這不孝的罪名，會壓得他們一生抬不起頭來。

小書房中，由剛才的天翻地覆，變得寂靜無比，只聽到三個人的呼吸聲，其中又以白老大的氣息最粗。白素兄妹望着父親，心中不知是什麼滋味。

尚幸白老大功力深厚，所以不多久，他的臉色和氣息漸漸恢復了正常，兩兄妹懸在半空之中的一顆心，才算是放了下來。

又過了一會，白老大長長地吁出了一口氣，睜開了眼來。白素兄妹平日看慣了父親威嚴無比、發號施令，英明神武，天人一般的樣子，而這時的白老大，神情不但憔悴，而且極之疲倦，頭臉上兀自血迹斑斑，兩邊口角，更有兩道血痕，看來十分駭人，又像是蒼老了幾十年，和兩兄妹平時看慣的父親，截然不同，這更令得他們不知說什麼才好，白素只覺得陣陣心酸，白奇偉咬着下唇，竟有血絲滲出來。

白老大先開口，聲音苦澀：「想不到還能活過來。」

白老大剛才的情形，由於極度的憤怒和激動，氣血翻湧，引致真氣走入岔道，當真是生死繫於一線，他這時這樣感嘆，不算是誇張。

白素兄妹仍然不出聲，白老大緩緩望向他們，問：「我為什麼能活過來，你們可知道？」

白奇偉仍然一動不動，白素則先搖了搖頭，後來，又作了一個雙掌擊向心口的手勢——她的意思是，得救，是由於白老大及時回掌自擊，力道又夠大，使鬱結的血噴了出來，這才氣息暢順的。

白老大長嘆一聲，緩緩地道：「適才，我氣血翻湧，自知兇險之極，可是我那時萬念俱灰，了無生意，也根本不想自救。」

他聲音沉痛，說到這裏，略頓了一頓，又望了白素兄妹一眼，這時，他的眼光之中，只有倦意疲態，一點責備的意思也沒有，可是白素兄妹卻自然而然，低下頭去。

他們自然知道白老大說他自己「萬念俱灰，了無生意」是什麼緣故。那是因為他費盡心血撫育成人的一雙子女，竟然和他作對之故。

雖然白素兄妹認為理由在自己這一邊，可是看到父親口角的鮮血未乾，話又說得如此痛心，他們的心中，自然也絕不好受。

白老大略頓了一頓之後，昂首挺胸，又回復了幾分豪邁的氣概，聲音也提高了不少：「是你們兩人，接連叫了我兩聲『爹』，這才使我又有了生存的意願，我知道自己的孩子還認我是爹，我就要活着。」

白老大說到後來，又激動了起來，聲音發顫，身子發抖，白素早已淚流滿面，撲上去緊緊抱住了父親，連一直都在強忍的白奇偉，也虎目淚湧，走過去，雙手緊握住了白老大的手。

白老大昂着臉，想是不想淚水流出來，可是也不免老淚縱橫。

先是白老大血濺小書房，繼而三人擁抱灑淚，情景自然十分動人。

當年，我聽得白素講述到這裏時，也是心情好一陣激動，忍不住要大聲呼嘯。可是我畢竟不是當事人，只是旁觀者，所以很快就冷靜了下來，想到了一個十分關鍵性的問題——白老大還是沒有把白素兄妹的秘密，告訴他們兩人。

年輕的白奇偉和白素，顯然敵不過老辣的白老大。

（本來想用「老奸巨猾」這個形容詞，但總不敢不敬——白老大是很值得尊敬的人。）

白老大先是發怒，動用了他父親的威嚴，繼之以氣血上湧，把自己推上了生死一線的關口——為人子女者，除非是禽獸不如，不然，處在這樣的關口之中，沒有不魂飛魄散的。

再接着，白老大又以濃得化不開的親情，感動了他的一雙子女。

經過這一連串的變化，白素兄妹兩人，自然再也不敢追問有關自己母親的事了，而白老大在他們自小就作下的許諾，也就可以不了了之了。

這一切，就算不是白老大的刻意安排，他至少也盡量利用了形勢，幫助他在子女之前過了這個幾乎無法渡過的難關。

我想通了這一點，所以，當我聽完白素敘述完了小書房發生的事之後，我就道：「不敢說令尊玩弄了手段，但自此之後，你們自然是再也不敢提起有關母親的事了。」

白素神情黯然：「當然不敢了，爹那次內傷，足足養了大半年才好，誰還敢再提？我們不提，他也不提，就像是沒有這件事一樣。」

我低聲說了一句：「豈有此理。」

白素唉了一聲：「當然，我和哥哥是不肯心息的，我們一直在暗中查訪。」有許多事，需要說明一下。白素把小書房中的事，和她自小就想知道自己母親的秘密的一切告訴我，是在那次我們在船上，我一句話破壞了氣氛之後的事。

還記得船上，我、白素和白老大三人在一起，由白老大講白素兒時的事這個經過嗎？我當時說了一句「要是白素的媽媽在」，就把愉快的氣氛破壞無遺，白老大當時就臉色一沉，轉身就走向船艙，在快進入船艙時，轉身，狠狠向白素瞪了一眼。

白素忙分辯：「我什麼也沒有對他說過，是他感到我們家中有一個隱形人，覺得奇怪的。」

白老大這才臉色稍為好看了一些，一揮手：「把當年小書房的事，向他說說，免得他日後再說這種壞人胃口、敗人興致的話。」

當時我不知道事情那麼嚴重，還聳了聳肩。等白老大進了船艙，白素才把一切告訴了我——後來，白奇偉又把事情對我講了一遍，自然是他們兩兄妹有意想要我協助，把他們母親的秘密探索出來之故。

《探險》這個故事，敘述到這裏，一定會有讀友表示不滿了：怎麼一回事，一直在說我和白素看女野人紅綾的錄影帶，怎麼忽然岔了開去，岔得如此遠，岔得如此詳細，什麼時候才收回來呢？

各位看官，絕不是寫故事的人忽然岔了開去，而是這個故事，本來寫的就是白素兄妹尋母記，從過去到現在，抽絲剝繭，把一個當年發生、驚心動魄、離奇之極的故事，呈現在各位眼前。

本來，這樣的一個故事，用《尋母記》做題目，再現成不過，也不會引起誤會。可是卻嫌這個題目太直接，所以才用了《探險》作題目——而且，和以往借用現成的名詞作故事的題目一樣，另有十分具有深意的解釋，這一點，在後文自有披露。所以，故事並不是岔開去，而是轉入了正題——絕不是故弄玄虛，而是早有計劃的，一開始，我就提及白素有一些事，不為我所知，那就是故事的延續。

由於這個故事牽涉到的時間和空間十分複雜，所以也必須用時空交織，忽然向前，忽然後退的方法來敘述，才能生動有趣，那是寫故事的法門之一。

那麼，紅綾的事，怎麼樣呢？就不寫了嗎？

當然不是。

紅綾這個人物一出現，我就說過，在她的身上，有絕意料不到的故事，其離奇之處，可能超過一切衛斯理故事。可是，也正由於如此，所以，她的故事，難寫之極，一點不假，有好幾個晚上，徹夜不寐，苦苦思索，應該如何寫法才好。本來，不應該這麼困難，可是其中有一個關鍵問題，不能點破，一點破，故事的懸疑性立即消失，趣味也為之大減。

可是偏偏這個關鍵性的問題，無法在故事的敘述過程中賣關子，連隱約提示也不行，一有透露，各位看官立刻就可以猜得到，所以這才為難。

千思萬忖之下，才得了如今這個好辦法——把紅綾的故事，放在每一個日後要敘述的故事之中，一點一滴，一段一片地寫出來。像《探險》的一開始那樣的情形，會出現在以後的故事之中，希望在若干個故事之後，使紅綾的故事完整化，這是一種新的嘗試，也只有在衛斯理故事這種創作方式之中，才能實現，所以很為有了這種新的寫作形式而高興。（自誇是人的通病。）

第四部

緬鋼劍和紫金藤

那麼，是不是《探險》這個故事，在轉入了正題之後，和紅綾完全無關了呢？

非也非也，不但有關，而且關係千絲萬縷，大之極矣，當然，直到這個故事完結，各位可能仍然看不出任何蛛絲馬迹來，這就是寫故事的人的巧妙了。

好了，真的「岔開去」太多了。

卻說白素兄妹，在經過了白老大血濺小書房一事之後，自然不敢再在他們父親面前提及自己母親，可是，這個秘密對他們來說，卻又是非弄明白不可的。

令得他們啼笑皆非的是，若干日子之後，白老大一次在酒後，「天良發現」，對他們兄妹說：「你們想知的事，在我離開人世之前，我必然會有安排，使你們在我死後，可知究竟。」

誰都知道，白老大的健康極好，而且，白素兄妹，再心切知道秘密，也沒有道理因此希望父親早死的。所以，秘密一直是秘密。

多少年來，白素兄妹自然用盡了心機，可是所獲不多，值得一提的，是來自一個陌生人的回憶。

事情在開頭的時候，十分偶然，那天晚上，白奇偉走進一家大酒店時，在門口，看到了一個十分有氣派的中年人，拄着一根手杖，正在登上一輛黑色的大房車。

這是十分普通的情形，是不是？可是就在這種普通的情形之下，卻也會生出事來。

先要説明一下當時的時代背景。人類歷史上，必然會記載中國在公元一九四八年起，到一九五一年止的這三年之中所發生的天翻地覆的大變化。那確然是天翻地覆的巨變——因為一切都反轉來了，正和反，黑和白，完全徹底地顛倒了。

在這樣巨大的時代劇變之中，必然有許多人由於不適應變化，或是在變化中的失敗者，或是看透了變化之後決不會有什麼好結果的人，離開了原來的土地，流落在海外，聚居在海外，等候機會，或乾脆下定了決心，就在海外落地生根，雖然心懷故國，但也不準備再踏上故土了。

這許多許多人，有着各種各樣的身分，有富商巨賈，挾巨資而行的，也有達官貴人將軍元帥，本來聲勢赫赫，指揮百萬雄師的，這時能保得一個完整的家庭，已經不錯了。也有超卓的知識分子和藝術家，也有十分普通的小人物，有各種各樣的工藝巧匠，也有形形色色的作奸犯科之士。更有豪氣干雲的幫會人物，像白老大就是其中的代表人物，也有在各方面都大有成就的科學家，還有更多的，是身分十分稀罕，難以分類的人物——在這個故事之中，就很有一些這樣人物的出現。

時代的動亂，自然會有不少動人的故事，這個故事，也可以說是無數悲歡離合，血淚交織的故事之一。

好了，忽然加插了時代背景，是由於故事向後發展，這個時代背景相當重要，反正一開始就時空交織，形成了十分獨特的敘述法，忽然加上一段時代背景，也很可以起特別引人注意的效果。

說到哪裏了？對，白奇偉在大酒店的門口，看到了一個很有氣派的中年人，握着一根手杖，走向石階，在石階之前，一輛黑色大房車停着，顯然是在等那個中年人，車上的駕駛位置上，坐着司機，另外有一個身形十分矮小又佝僂着站不直的黑衣人，在車子的一邊，已打開了車門，在等那中年人。這時處於剛才交代過的時代背景相距已有若干年，但是，聚在這個城市中的三山五嶽人物還是極多，臥虎藏龍，什麼樣的人物都有，白奇偉本身，作為白老大的兒子，也已在江湖上嶄露頭角，那時，是在我認識他之前不久。

白奇偉年紀雖輕，可是由於家庭關係，什麼樣的人物都見過，那中年人的氣焰雖大，可是也引不起他的特別注意，他身手矯捷，上石階當然不是一級一級走上去，而是身子輕輕一縱，就上了三四級，所以，一下子就在那中年人的身邊掠了過去。

恰好在那時，那中年人揚起了手杖來，向下點去——那是使用手杖下石階的人的一個十分普通的動作。

也就在那一剎間，白奇偉的視線，掠過了那根手杖。

必要說明的是，白奇偉的反應極快，決定也極快，動作更極快。

所以接下來發生的事，是在極短的時間內發生的，離他一眼看到了那根手杖，只不過三秒鐘，至多四秒鐘。可是叙述起來，卻需要相當的篇幅——根據說故事的技巧，甚至可以說好幾萬字，但是我自然不會如此，只是所發生的事，和為什麼會發生這樣的事，那是必須說明白的。

一看到了那根手杖，白奇偉心中就陡然打了一個突。那手杖看來並不起眼，作深紫色，形狀是一截天然的老藤，所以它的握手處是不規則的藤頭。可是，手杖通體都鑲嵌着一條龍，看得出龍是銀子鑄出來的，並沒有刻意擦亮，所以那銀龍是一種神秘的、象徵着古老的黯黑色。

那條銀龍並不是用銀絲鑲嵌在手杖之中，像一般的鑲嵌工藝品那樣，摸上去是平面的，這手杖上的銀龍，是一條真正用銀子打出來，手工精絕的龍，卻又令之巧妙地盤在手杖上。

白奇偉隨白老大行走江湖，曾好幾次見過，有些強行乞討的惡丐，將從小養熟了的毒蛇，令之盤在竹杖上，嚇唬人以達到乞討目的，一條真的蛇盤在竹杖上，情形就和這時那條鑄銀的龍，盤在那根手杖上一樣，而龍頭部，巧妙地把藤頭包住一半，形成天然和精巧手工的美妙結合，十分好看。

而更令得白奇偉心動的，還不是這根手杖的外觀十分美麗名貴，而是他見識廣，一見就看出了，製那手杖的那一截藤是非同小可的寶物，這種藤，稱之為「紫金藤」，就算在可以找到這種罕見的紫金藤的蠻荒山區，也有「一截紫金一截藤」之說——一根紫金藤，和同樣長短大小的紫金的價值相等，而紫金的價值，是黃金的十倍以上，由此可知這種紫金藤的名貴。這種紫金藤之所以名貴無比，不但是由於它的罕有——它確然十分罕有，在窮山惡水之中，貼着峭壁生長，生長的速度極慢，每一年，只長一指——一隻手指打橫的長度，大約是一公分。

這種珍罕的植物，不能和動物相遇，不論是鳥飛過停上一停，還是猿猴攀過，抓了一抓，甚或至於蛇蟲經過，蟄伏一下——若有這等情形，立時枯死。

這樣的生長習性，可知它能留下來的機會是多少了，而且，它還生長在臨江的峭壁之上，一面必定要是奔騰澎湃的江水，它才能在峭壁上生長，所以，就算發現了紫金藤，要把它採下來，也是千難萬難，所以有「北難得是野山參，南難得是紫金藤」之說，紫金藤生長的地域，是在中國西南，雲南、貴州、西康一帶的深山絕壑之中。

可是，它又有一項最奇特的特性，——普通的生物，一碰到它，它立時枯死，然而，那生物若是本身有毒的，情形卻又大大不同，恰好相反。

有毒的生物，不論是蛇蟲鼠蟻，是爬的還是飛的，一碰上了貼崖而生的紫金藤，就是死路一條——紫金藤上，有一種黏液分泌——這種分泌液，對一切毒物，可能有吸引作用，不然，哪有那麼多的毒物會死在它生長的地方來。

有毒的生物一沾上了紫金藤，就被有黏性的分泌物黏住，難以脫身，直到本身的毒質，全被紫金藤吸收殆盡，這才油盡燈枯，屍體下墜。

紫金藤生長的地域，正是最多有毒生物生長的地域——這是大自然的巧妙安排，如果不是這樣，像紫金藤這樣的植物，早就絕滅了，或者，根本不會產生。

那一帶的毒物之多，毒性之劇，簡直駭人聽聞，一隻指甲大小的毒蟲，可以輕而易舉，令人致死。曾有國際著名的毒物學家，到雲貴一帶的蠻荒地區考察了一個時期之後，說，全世界的有毒生物，有五成是在那裏，而全世界所有的毒物學家，對有毒生物的認識，加起來，接近零。

紫金藤的生長營養，就來自各種各樣有毒生物的劇毒部分。

白奇偉當時聽一個父執說紫金藤，聽到這裏，他就忍不住插口：「稀有又怎麼樣，它有什麼好處？有什麼用處，才是真正珍貴的所在。」

那個父執在向幾個後輩解說紫金藤的來歷時，是指着他所戴的一隻扳指在解釋的。

那隻扳指，自然是紫金藤所製的了，他套在手上，不肯脫下來給人傳觀，怕年輕人一不小心，有什麼意外，不肯讓人仔細觀看。

白奇偉不但看了，而且還伸指扣了扣，發出的聲音，非金非玉，相當奇特。

在那隻扳指上，也有着銀質的鑲嵌，嵌的是一條小小的蛇。

那種異樣的，隱隱泛光的深紫色，給白奇偉的印象相當深刻，所以他一看到了那根手杖，就立時可以認出，那是紫金藤。

試想，當年那位父執，只有一枚小小的紫金藤扳指，已經珍而重之，不肯除下來給人看，而一整根用紫金藤製成的手杖，自然是非同小可的無價之寶了。

當時，那位父執指着白奇偉：「問得好，若是沒有用處，只是一段枯藤，何珍貴之有？世兄，它既然是集萬毒而長，你且說，它有什麼用處？」

白奇偉一挺胸，十分有自信：「它毒，劇毒。」

那前輩深吸了一口氣，大點其頭：「是的，它劇毒，毒性無與倫比，什麼孔雀膽、鶴頂紅、南美洲的黃色雨蛙、西非洲的血色竹衣，都不如它毒，它是萬毒之宗。」

當時，一起聽的幾個青年十分駭然，其中一個拍着那扳指：「那你還把它戴在手上？」

父執輩「呵呵」笑着：「沒見上面鑲着銀器嗎？只有銀能剋制它的毒性。銀非但可以剋制它的毒性，而且可以使它變成萬毒的剋星，別看我這扳指只是一小截紫金藤，戴着它，萬般毒物，盡皆辟易。」

能使萬種毒物都遠避的東西，對生活在現代化大都市的人來說，沒有什麼作用，都市人被毒蛇咬中、毒蠍螫中的機會少之又少，但是對於在窮山惡水、蠻荒之地、各種毒物出沒之地生活的人來說，那就等於是無價之寶，是生命的保障。

它的名貴之處，自然也在於此了。

也由於白奇偉知道，紫金藤必然和銀器聯結在一起，所以他一看到那根手杖上盤着一條銀龍，他更可以肯定，那是紫金藤所製的手杖。

那時，白奇偉雖然大是心動，但如果不是那位父執輩後來還有一番話，他也還不會有接下來的行動，因為劇毒，氰化物就是劇毒之物，萬毒辟易，對現代人來說，也沒有什麼用處。

令得他有接下來的行動的主要原因，是那位父執，在解釋了紫金藤之後，忽然喟嘆：「我在蠻荒時，曾見過一柄小刀，刀長七寸，刀鞘竟然是一截紫金藤，這已是稀世奇珍了，更不得了的是，以藤為鞘的小刀，十分細小，竟是緬鋼鑄成的，小伙子，你們自然知道緬鋼是什麼了？」

當時聽的人，包括白奇偉在內，都連連點頭。

他們都是學武之人，自然知道緬鋼是什麼樣的寶物。

白老大曾精心研究過這種精鋼，用現代冶金學、金相學的觀點來研究，用精密的儀器來分析，在實驗室中，完全按照緬鋼的成分去煉製，發掘出緬鋼的最大特點，是含碳極低，低到接近零——和他一起作研究的一些科學家，怎麼也難以相信在雲貴、緬甸、寮國邊境生活的苗人和瑤人，用接近原始的煉鑄設備，而可以生產出這樣優秀質量的鋼來。

可是白老大的研究還是失敗了，他得到的，只是仿製的緬鋼，而不是真正的緬鋼。真正的緬鋼，有它十分神秘的一面，不是現代化的設備所能完成的，據說，需要煉鑄者本身鮮血的配合，才能達到目的。

（干將莫邪鑄劍，甚至需要犧牲生命。）

緬鋼的特點是鋒利無匹，而且，延展性極強，可以鑄成十分薄的薄片，也就可以隨意彎曲——一般的說法是，它是柔軟的。

用緬鋼鑄造的兵器，自然是學武之士夢寐以求的寶貝。雖然說火器盛行之後，再好的緬鋼刀，都不如一柄手槍。可是緬鋼畢竟是難以一睹的寶物，所以當時那前輩一說，那些青年，便自嘩然。

後來，有一次，白奇偉把那位前輩所說的說給他父親聽，白老大聽了之後，嗤之以鼻：「哼，那人的見識真淺，一柄緬鋼匕首，用紫金藤作鞘，那算得了什麼，還有整柄緬鋼劍的哩。」

白奇偉當時聽過就算，直到那天，在大酒店的門口，看到了那個中年人手中的紫金藤手杖，他才心中陡然一動，想起這莫非是一柄杖中劍？如果劍又是緬鋼的話，那真是驚天動地，非同小可之至了。

白奇偉那時年紀輕，很有野心在江湖上揚名立萬，超越他的父親，青出於藍一番。而這樣一件非同凡響的寶物，對他的誘惑力之大，也可想而知，所以他在一瞥之間，不到半秒鐘，便已經決定了要將那中年人的紫金藤手杖，據為己有。

（早已聲明過，事情發生的過程，只是三到四秒鐘，可是敘述起來，卻需要相當篇幅——可不是嗎，到現在為止，才不過半秒鐘，已用去接近四千字了，而且還是十分潦草簡單，不是詳盡的描述。）

白奇偉那時只是一個人，並沒有和白素在一起。如果和白素在一起的話，他一定會至少和白素交換一個眼色，才會採取行動，而白素也必然會阻止他，那麼以後發生的事，自然也大大不相同了。

白奇偉幾乎是一決定了要下手，就立即出手的，他使用的工具，十分獨特，是他自己創製的，那是一隻如同乒乓球大小的圓球，裏面有極強力的彈簧，一按機鈕，就會有一股細鋼絲，電射而出，細鋼絲的一端有一個小鈎，所以鋼絲可以纏住物體。

這件別出心裁的武器，十分厲害，白奇偉也真的下了苦功，練得十分純熟，能放能收，而且準頭十足。

他一起了意，便已將鋼絲球握在手中，腳下並不停步，就在他和那中年人擦身而過，那中年人揚起的手杖，還沒有垂下來之際，他一翻手腕，鋼絲已激射而出，一下子就在手杖上繞了三個圈，白奇偉再一揚手，便把手杖自那中年人的手中，奪了下來，向半空之中，直飛了起來。

白奇偉在出手之際，早已看好了地形，他知道一出手，必然能得手，他身子已轉向左，準備鋼絲一縛住了手杖，他就向左竄去，同時，收回鋼絲，把手杖帶回來，就可以伸手握住手杖了。

他的盤算，十分精確，而且，一開始，也真的恰如他所算，可是就在那時，出了意外。突然之間，只見一條黑影，如鬼似魅，迅疾無倫，陡然騰空而起，撲向被鋼絲奪走，飛向半空的手杖。

白奇偉剛看出那是一個人，絕認不出那是什麼人之際，那人已雙手齊伸，抓住了手杖，他的右手，抓在杖頭上，只聽得，「錚」地一聲響，一道藍殷殷的光芒，閃了一閃，那人身在半空，已從手杖之中，抽出了一柄細而狹窄的長劍出來。

白奇偉一見杖中果然有劍，心頭狂跳，他應變也算是快絕，陡然一振手臂，把鋼絲向外甩去——那人左手仍握住了手杖，白奇偉想借那一甩之力，把那人拋向半空，再設法對付他。

可是，白奇偉這裏手臂才向上一振，「叮」地一聲，在半空中的那人，手起劍落，已一下子就把鋼絲削斷，白奇偉的那一甩之力，全無了着落，那令得他下盤不穩，一個踉蹌，幾乎沒有直滾跌下石階去。總算他武功根基好，一隻腳向後，踏住了下面的一級石階，就已把身形穩住。

而當時，發生在他眼前的事，他所看到的情形，事後他回憶起來，仍然不免搖頭，表示不能相信。

他看到的是，那人一把手杖奪了出去，身在半空，一個翻身間，藍光一閃，已然還劍入鞘，身子已落了地，面對着那中年人，單膝下跪，雙手捧着手杖，高舉過頭，恭恭敬敬，奉給那中年人。

白奇偉也直到這時，才看清那人就是在大汽車之旁，打開了車門，恭候那中年人上車的那個人。從他的行動來看，這個身材瘦小如猴的人，分明是那中年人的僕從小廝之流，可是身手竟然矯捷到了這等地步。

那中年人在這時卻不伸手接杖，只是抬頭，向白奇偉望來。

白奇偉在那時，雖然不致魂飛魄散，但是卻已知道，萬萬不能再停留，連停多半秒鐘都不能。

他本來就是準備向左邊撤走的，所以就勢，身子斜刺裏竄了出去，一下子就處身在十公尺之外，這才全轉過身去，雖然狼狽之至，但總算全身而退。

離開了之後，白奇偉想起剛才的情形，兀自心有餘悸，他找到了白素，把經過情形，說了一遍，白素看到他神情仍然十分驚悖，想要取笑他幾句，但又怕他老羞成怒，所以只是抿着嘴笑。

白奇偉嘆了一聲：「慚愧，那飛身而起的人，究竟是什麼模樣，竟然沒有看清，更不知道那中年人是什麼來歷，真氣人。」

白素有了一個提議：「問爹去。」

白奇偉正有此意，白老大見識廣，可以有答案，不過他叮囑了一句：「千萬別把我奪劍不成，落荒而逃的事說出來……」

白素揚起手來，和白奇偉擊了一掌，算是應允。兩人一起去見白老大，卻正有兩個人在向白老大報告一件事，這兩個江湖人物，神色凝重，一個道：「紫金藤的鞘、緬鋼的劍，真有這樣的寶物。」

白素兄妹一聽，互望一眼，立時不出聲。

白老大的反應，卻十分平淡：「天下之大，無奇不有，也沒有什麼稀罕。」

白素知道自己父親的脾氣，愈是心裏想要什麼，表面上就愈是裝成若無其事，這時，她心中也一動，心想若是能把這寶物弄了來，博父親一粲，也大是佳事。

另一個江湖人物道：「在大酒店門口，有人見到……有人出手搶劍，可是失敗了，劍主人的一個……不知是什麼人，身手奇佳……」

白奇偉的臉上一陣紅一陣白，他沒想到，在江湖上，事情竟傳得如此之快，他只好祈求沒有人看清楚他的面目，不然，可丟人之至了。

白老大仍是淡然：「哦。能有這種寶物的人，自然不是等閒人物，那出手奪劍的是什麼人，也未免太不量力了，全身而退了嗎？」

那江湖人物道：「看到的人隔得遠，沒看清是什麼人，倒是一擊不中，就飄然遠颺了。」

白老大「哦」地一聲，到這時，才向白素兄妹望來，白奇偉心虛，有點不自在。白老大道：「江湖上能人異士極多，絕不能仗着自己會點功夫，就任意胡為，要知道人外有人，天外有天。」

白素應着，走近去，問道：「爹，真有那樣的寶物？兩樣那麼難得的東西，竟會湊在一起。」

白老大像是一點也不感興趣，大大地打了一個呵欠。白奇偉這時，也定過神來，他問：「爹，你以前曾告訴過我，有這樣的緬鋼劍，可就是那一柄？」

白老大懶洋洋地道：「我告訴過你們不知多少事，哪裏記得那麼多。」

白素兄妹兩人，都看出父親不是很想提這些事，所以不再問下去，倒是那兩個江湖人物在問：「那劍主人，是何等樣人？」

白老大不耐煩地一揮手，聲音也不怎樣客氣：「我怎麼知道。」

第五部

不曾救人只曾殺人

白素兄妹暗中吐舌，慶幸自己沒有去碰這個釘子。

事情敘述到這裏，好像和白素兄妹母親的秘密，沒有什麼關連，但事實上大有關係。

就在白奇偉奪劍不成後的三天，白奇偉竟然又見到了那中年人。

那是在一個會議中，會議是一個國際性的金融業的聚會，白老大高瞻遠矚，早已把他可以動用的資金，作各種形式的投資，所以，他也有着國際金融家的身分。在正式會議完畢之後，有輕鬆的聚會，會員可以邀請親朋參加，白老大就帶了白素兄妹前去。

這種性質的聚會，自然是場面偉大，冠蓋雲集，紳商名流，衣香鬢影（真老土），足有兩三百人，白素兄妹自己並沒有熟人，所以一直跟在白老大的身邊。

而那個中年人，則是由本地一個銀行家領着進來的。看來，那個中年人在金融界一定有相當高的地位，因為他一進來，立即就有許多人圍上去，爭着和他打招呼、握手，人人都一副諂媚之色。

那中年人的手中，仍然握着那根紫金藤的手杖，他的身邊，也跟着那個一身黑衣，身形瘦小，體型若猴的那個跟班。

那中年人進來的時候，白老大他們三人，正在大廳的中心部分，離中年人約有二十多公尺。白奇偉是一眼就看到了那個中年人，一見「冤家路窄」，他不免有一下震動。雖然立即恢復了鎮定，可是白素離得他近，也就立時察覺到了。

中年人手中的那根手杖，看在識貨者的眼中，簡直礙眼之極，那是世上獨一無二的寶物，決不可能再有第二根了。

所以，白素立時知道是怎麼一回事，她立時輕碰了哥哥一下，白奇偉悶哼了一聲，略點了點頭，壓低了聲音：「留意那小個子。」

白素聽白奇偉說起過那小個子的身手，所以也特別小心留意——白奇偉心中暗叫一聲慚愧，因為他也是直到此時，才有機會看清那神秘小個子的臉面。

只見這小個子膚色極黑，接近非洲人，臉型也十分怪異，聳額削頰，扁鼻厚唇，不但身型如猴，連面貌，也有點像猴子，可是一雙眼睛，卻又大又亮，他一直垂着眼皮，只是偶然一抬眼之間，就精光四射——而且，白奇偉一下就感到這對精光四射的眼睛，在自己的身上，迅速地轉了一轉。

這一瞥，不禁令得白奇偉身子發熱，他知道，當那小個子揮劍斷絲，把手杖又奪了回去時，應該是認清了他的臉面的。

不但是那小個子，那中年人，也應該記得三天之前的奪杖人是什麼樣子的。

本來，大廳中有兩三百人，白奇偉覺出形勢不妙，想要避過去，也不是什麼難事，人多，往人叢中一站，也就遮瞞過去了。

可是，偏偏要去巴結討好這中年人的人十分多，又有更多的人，向他靠聚過去。以白老大的身分，自然不會也去湊熱鬧的，這一來，在他們三人身邊的人就少了，再加上白老大身形高大，神態威猛，白奇偉長身玉立，風度翩翩，白素更是明艷絕倫，極其突出，那就更引人注目了。

那中年人在和人寒暄間，一抬頭，就自然而然，看到了他們三人。

那時，白老大連視線都不投向那中年人，可是白奇偉由於心虛，所以留意那中年人的動作，只見那中年人在一看到了他們三個之後，就震動了一下。

當時，在那種情形下，白奇偉自然當作是那中年人認出自己來了。他正在設法如何可以脱身，卻已看到那中年男人摸着手杖，微微揮動着，他身邊的那個小個子，也張開雙臂在開路，兩個人逕直向他們走了過來。

圍在中年人身邊的許多人，一看到這種情形，都轉變了視線，也向他們三人望來。

白奇偉在那一剎間，奇窘無比，躲無可躲，真應了一句老話：恨不得有個地洞，可以鑽下去。

出了人群之後，中年人和那小個子，步子愈來愈快，二十多公尺，一下子就到了身前，白奇偉的心情，緊張之極，雙手握着拳，手心已全是冷汗——白素也代她哥哥緊張，可是她畢竟旁觀者清，在中年人還未太接近之際，她就發現，中年人並不是望向白奇偉，而是望向白老大。

而且，那中年人的眼光和神情，也奇突和難以形容之極，他現出一副又高興，又焦急的神情，而且充滿了感激和喜悅，像是見到了什麼久別的親人一樣。

白素看到了這種情形，不禁大奇，向白老大看去，白老大卻像是沒事人一樣，正在和一個人說話，還裝出響亮的笑聲——這笑聲，自然是有點矯揉造作，是故意發出來的不在意。

和白老大在説話的那個人，有點沉不住氣了，提醒白老大：「白老，殷老來了。」

那時，白老大和那走過來的中年人，都正當壯年，不是老人，但是在社交場合上，習慣尊稱「老」，那是一種身分的象徵。

白老大直到這時，才適當地半轉過身來，向那中年人看去，那中年人一看到白老大轉身望向他，他的行動，出乎每一個人的意料之外。

只見他陡然搶前幾步，直來到了白老大的身前，這時，白奇偉也看出，中年人不是衝着自己而來的，反是那小個子，在走近的時候，冷冷地看了白奇偉一眼，看得白奇偉渾身發脹。

那中年人搶到了白老大的身前，陡然啞着聲音大叫：「恩公。」

他一面叫，一面向着白老大，竟然就要跪倒。

這一下自然出人意表之至，看白老大時，卻是一臉茫然，不知如何才好，白素兄妹一見有人要向父親跪拜，為人子女，自然要阻擋，所以他們兩人一下子搶上去，一邊一個，在那中年人身子曲到一半時，已然把他扶住。那中年人直到這時，才向白奇偉看了一眼，顯然認出了白奇偉是奪杖人，略有訝異之色，可是立時又向白老大望去，仍是啞着聲：「恩公，受我一拜。」

白老大聲音宏亮，搖着頭：「閣下認錯人了。」

那中年人像是聽到了最荒唐的笑話一樣，大搖其頭，這時，他的神情已沒有那麼激動，所以聲音也恢復了正常，他道：「陽光土司，我是殷大德啊。你曾救過我性命，我怎麼會認錯人？」

殷大德此言一出，所有的人，都更是詫異莫名。老實說，「陽光土司」這四個字，寫出來，就算一看就每個字都清楚，但也不是一下子就容易了解那是什麼意思，多半會叫人認為那是一個日本人的名字。

而當時，殷大德把這四個字叫了出來，他又有一口四川土音，真正聽得懂這四個字是什麼意思的人，只怕一個也沒有。

只不過白老大是聲名顯赫的人，個個都知道他姓白，人皆尊稱「老」或「老大」而不名，決不會是什麼陽光土司，所以一下子，倒有一大半人，都認同了白老大的說法，認錯人了。

帶殷大德進來的那銀行家，這時也笑着道：「殷行長，這位是白老大，你老認錯人了。」

殷大德一進來時，能有那麼多人趨前去，他自然是一個非同小可的人物，銀行家稱他為「行長」，是的，殷大德是一家銀行的行長，這家銀行總行設在一個國家，那國家的國民經濟，並不發達，可是上層人物，卻坐擁巨資，高得超乎想像，殷大德的銀行，就和這個國家的上層人物，有十分密切的關係，所以資金雄厚，在地區的金融界，有舉足輕重的影響力。

白老大這時，又以十分宏亮的聲音道：「原來是殷行長，真是久仰了。幸會。幸會。在下姓白——」

白老大十分高傲，他給人家叫「老大」叫慣了，竟然在這樣的情形下，只是報姓氏，不報名字，架子之大，一時無兩。

但是他說着，總算是向殷大德伸出手來——這時的殷大德，神情惶惑之至，一副手足無措的樣子，竟然不知道和白老大握手，反倒伸手抓自己的頭，遲遲疑疑，哪裏還有半分身為金融巨子的氣概，他道：「白……先生？你不是陽光土司？我怎麼會認錯？恩公，你明明是陽光土司，十八年前，你救過我一命。」

白素在這時候，心中一動，因為那時，她正好十八歲，也就是說，殷大德若是沒有認錯人，那麼，她父親在她出生的那一年，曾救過殷大德。不過，其時，白素也沒有聽懂「陽光土司」這個稱謂是什麼意思。

白老大笑得宏亮：「當然是錯認了，要不是我一雙小兒女身手還靈巧，生受老兄一拜，不知如何是好了。」

他把剛才殷大德的行動當笑話說，其他不少的人，也跟着笑了起來。

殷大德仍然惘然之極，望了望白素，又望了望白奇偉，「哦哦」應着：「這是令郎令嬡？唉——雖然事隔十八年，可是恩人的容貌——」

白老大打斷了他的話：「再也別提，殷行長是四川人？聽口音是。」

殷大德深深吸了一口氣，點了點頭：「老家小地方四川龍塘站，不過長年在雲南瀾滄一帶營商。」

白老大眨了眨眼：「殷行長早年營的商，不會是『土』吧。哈哈。」

這句話，聽懂的人倒有許多，白老大口中的「土」，是鴉片的簡稱，雲南南部，正是盛產鴉片的所在。

白老大這樣「開玩笑」，是很不禮貌的，因為販賣鴉片是公認的不道德行為。

可是殷大德這個金融大亨，卻像是全然不知道白老大在說什麼，一副失魂落魄的樣子，「哦哦」連聲，又道：「陽光土司……不……白先生對那一帶熟？」

白老大卻沒有回答這個問題，只是不置可否。這時，白素和白奇偉已退到白老大的背後，兄妹兩人互望了一眼，心中都大是疑惑。

殷大德仍是神情十分疑惑，忽然，他轉過頭去，向身邊那小個子說了一句發音十分古怪的話。

那句話，敢信全場，只有白老大一個人聽得懂，這可以從他立時有反應這一點，得到證明。

殷大德話才出口，那小個子立時向白老大跪下，可是，他還沒有叩下頭去，白老大便伸手抓住了他的肩頭，雙臂一振，將小個子的身子直提了起來。

那小個子被白老大提了起來，仍然縮着雙腿，維持着下跪的姿勢，只是發出了一下怪異之極的呼叫聲來。

那一下呼叫聲，聲音響亮刺耳，令得所有在場的人，都為之怔呆——這本來是冠蓋雲集，一個十分高級的場合，可是忽然之間，竟然發生了這樣的事。

偏偏這樣的奇事，又發生在殷大德和白老大這樣大有身分地位的人之間，誰也奈何不得，只好眼睜睜地看着。若是發生在普通人的身上，早就攆出場外了。

白素兄妹這時，也早已看出事情大有蹊蹺，殷大德是大有身分的人，總不會錯認「救命恩人」，可是白老大又一口否認——這其中是不是大有古怪呢？

所以，他們十分留意接下來發生的事。

白老大一出手，場面有相當程度的混亂，因為許多人都知道白老大身負絕頂武功，而且脾氣暴烈。殷大德在這時候，也叫了起來：「陽光——不，白老，手下留情！我只不過請他代我行禮，答謝你救命之恩。」

殷大德每次開口，還是忘不了稱白老大為「陽光土司」，連這次，也是叫了一半才改口的，而且，雖然改了口，可是言語之間，卻還分明當白老大是他的救命恩人。

白老大悶哼一聲，手一鬆，那小個子落了下來，落地之後，仍然跪着，白老大半轉過身去，顯然是絕不願受他的跪拜。

白老大手指着殷大德，沉聲道：「殷行長，我們初次見面，你怎麼開我那麼大的玩笑？」

殷大德受了指摘，一副想爭辯但是又無從開口的神態，額角和鼻尖都冒出汗來。

白老大又道：「我不是你的救命恩人。老實說，我白某人沒有救過人，只殺過人。」

白老大闖蕩江湖，率性而為，快意恩仇，這其間自然有許多救人或殺人的經歷，那是每一個過着刀頭舐血的江湖歷險生活的人所難免的。而這時白老大說他，只殺過人沒救過人，自然是表示他心中相當惱怒，要對方再也別提「救人」兩字之意。

殷大德吞了一口口水，連聲道：「是。是。」

白老大悶哼一聲，憤然拂袖，他那次穿的是一襲長衫，這一拂袖之際，霍然風生，氣勢懾人。可是在他身邊的那小個子，卻還是直挺挺地跪着，想來未得殷大德的命令，他不敢起身。

而白老大的那一下拂袖動作，帶起了一股勁風，幾個知情識趣而有眼力的行家，正想大聲叫好，緩和一下異樣的氣氛，好叫白老大和殷大德兩人都可以趁機下台時，事情卻又有了意料之外的發展。只見一股勁風過處，那跪在地上的小個子，頭上竟然飛起了一蓬頭髮來。

這一下變化，確然出人意表——那時，假髮未曾盛行，是相當罕見的物事，而且，一般人的心目中，也少有「戴假髮」這樣的概念，所以一看到小個子的頭上，忽然飛起了一蓬頭髮來，人人都大吃一驚，不知發生了什麼事，有一些人，更以為白老大的武功，竟然精純到了這一地步，自然更是張大了口，出不了聲。

及後眾人看清了自小個子頭上，被白老大拂袖所帶起的勁風拂落的，是一頂假髮之後，大伙才鬆了一口氣。

同時，大伙也看出了那小個子為什麼要戴假髮的原因。原來這個膚色黝黑的小個子，有一個十分滑稽可愛的古怪髮式。

他的頭上，留着三幅桃形的頭髮——一幅在正中近前額處，兩幅在耳朵上面，除此之外，剃得精光，是青滲滲的頭皮。

這種髮式，自然古怪之極——早年，兒童剃頭，很多在前額上留下桃形的頭髮，但是有三幅之多，也十分罕見。

這時，殷大德又說了一句各人都聽不懂的話，那顯然是他和小個子之間使用的語言，那小個子一聽，黯然不語，一挺身站起，俯身拾起假髮來，放在頭上，又回到了殷大德的身邊，自始至終，一言不發。

若不是三天之前，白奇偉確曾領教過他的身手，真不能相信這小個子是身懷絕技之士。

白素在這時候，看到了那小個子奇怪的髮式，心中一動，她印象之中，有這種古怪髮式的記憶，可是一時之間，卻又想不起來，所以她先向白奇偉望了一眼，白奇偉搖了搖頭。

白素於是出聲問：「爹，這位的髮式很怪，不知是什麼地方的人？」

白素的聲音十分動聽，這時，大家由於根本不知道發生了什麼事，所以沒有說話，大堂之中十分靜，白素的聲音一起，人人注意。白素發問，也正有緩和氣氛的用意在內。

可是白素卻大是失算，白老大悶哼了一聲：「誰知道。我們走。」

說着，他已大踏步向外走去，幾個銀行家趕過來，想要勸阻，可是一看到白老大滿面怒容的神情，誰還敢出聲？沒地自討沒趣。

白奇偉和白素自然也急步跟了上去，和白老大一起離開了會場，兩兄妹全是一樣的心意，所以對剛才發生的事，絕口不提，白老大也不說，三人之間，倒像是有了默契一樣。

後來，白素對我說：「爹若是回答了我這個問題，我和哥哥或許還不會那麼起疑——你想想，我和哥哥對那個髮式都有印象，那自然是他在談天說地之間告訴我們的，而他竟然想也不想，就說不知道，是不是可疑之極？」

我同意：「是，他老謀深算，可是這次卻失算了，欲蓋彌彰，他正竭力想掩飾什麼。你們採取了什麼行動？」

白素道：「我們感到，那個殷大德，他可能沒有認錯人，所以去找他。」

我吸了一口氣：「應該這樣，嗯，殷大德一直稱令尊為『陽光土司』，你當時可知那是什麼意思？」

白素現出佩服的神色來：「當時只聽懂了這四個字的音，沒知道是什麼意思，後來自然知道了。你……一聽就知道？」

我笑了起來：「也得和其它的話配合起來才知道，如果單是那四個字，還以為是一種烘麵包呢。」

英國式的烘麵包，譯音是「土司」，但殷大德口中的土司，自然不是這個意思，那是一種官職，在中國，歷史悠久，元朝已經有了。土司這個官，管領苗蠻之地，由土人世襲，長久以來，在湖南、四川、雲南、貴州、廣西等地，苗瑤蠻人所聚居之地，都有這個官職，而且也起到一定的作用。

不過，這個官職，都由當地土人受領，大多數是原來的酋長、族長、峒主之類，絕不由外人擔當，而殷大德居然稱白老大為「陽光土司」，真有點匪夷所思。

我的回答是：「我聽到殷大德提到，他在雲南瀾滄一帶營商，那正是苗疆，所以也想到了『土司』這是一個官職的稱謂。但是我也只是明白了一半，我就不明白『陽光』是人名或是地名。」

白素道：「是人名，殷大德告訴我們，爹那時就用這個名字，在當土司，還是大土司，威望很高。」

我心中也充滿了疑惑，忽然想起：「素，白老大刻意隱瞞這些事實，是不是由於那一段事，和你母親的秘密有關？」

白素一揮手，她平日很少有這樣的大動作，這表明她心情的激動：「我們正是想到了這一點，所以才去找殷大德的——殷大德說的時間，正是我出生的那一年。」我沒有再說什麼，只是等着白素再說下去，敘述他們和殷大德見面的經過。白素卻忽然不再說下去，只是用挑戰的眼光望着我。那時我們雖然新婚不久，但是心意相通的程度，卻已然相當高，她各種神情，我一看就知道她想做什麼。

我微微一笑：「那古怪的髮式，是雲南貴州一帶，一種稱作儸黑人的特點，儸黑人也可稱之為倮倮人的，正由於他們留這樣特殊的髮式，所以別人就稱他們為『三撮毛』，自然，那不是很恭敬的稱呼。」

我一直說下來，白素一直點頭，接着鼓掌：「你答得出這個問題來，倒也罷了，可是你居然知道我想問的是什麼問題，這才難得。」

我哈哈大笑：「什麼叫『心有靈犀一點通』？這有何難哉。」

白素又沉默了片刻，才道：「爹當年——殷大德說的，曾當土司，管轄的範圍，正是儸黑人聚居的所在，他還說……還說……」

白素說到這裏，神情大是沉重，望着我，竟像是不知該如何說下去是好。

我大是詫異：「老實說，你我之間，有什麼不能講的。」白素嘆了一聲：「還是得從頭說起，你才明白……我們得到的結論……十分駭人，我和哥哥連想也不敢想，要聽聽你的意見。」我是一個性子急的人，聽得白素這樣說，更是心癢難熬，高聲道：「快說，快說。」

白素又嘆了一聲：「我們的結論是……我和哥哥……的母親，有可能是……」

我聽到這裏，大吃一驚，失聲道：「是儸黑女子。」

白素向我望來，張大了雙眼，並不出聲。

第六部

媽媽可能是倮倮人

過了好一會，白素才道：「你看我……像是苗人瑤人擺夷人倮倮人嗎？」

我也不由自主，吞咽了一口口水，這是一個以前從來也沒有想到過的問題，突兀之極。我自然不是大漢族主義者，對於少數民族，還有特殊好感，曾和一個有着黑夷血統的怪人有極深的友情，我相信白素這時有駭異的神情，原因也和我一樣，是因為事情實在太突兀了，是以前無論如何設想都設想不到的。

雖然如此，可是我還是要安慰白素：「不管是什麼人，都是人，沒有什麼分別。」

白素美眉微蹙：「只是太突然了，我們的外形……我們如果有倮倮人的血統，外形就應該像是……殷大德身邊的那個小個子一樣，那個小個子……很有可能，是我們的親戚。」

我不禁笑了起來，雖然事情愈來愈古怪，我不應該笑，可是白素的神情，卻使我忍不住失笑——白素那時的樣子，就像是怕她會變得和那小個子一樣的奇醜無比。當然不會有那樣的事發生。但是女性對自己的容貌，都十分着重，白素也不能例外，竟然為了不可能的事而瞎擔心。我一面笑，一面道：「你美若天仙，不會變醜，而且，倮倮人和漢人一樣，自然有醜的，也有俊的。或許你們得到父親的遺傳多些，或許那倮倮女子美艷如花——我就見過極美麗的苗女。」

白素望着我，半晌說不出話來，連吸了幾口氣，才道：「你這樣說，倒像是我母親必然是倮倮人一般。」

我連忙雙手亂搖：「我可沒有這個意思，是你自己說你們兄妹得出了這樣結論的，我並不知道你們和殷大德見面的經過，你先把這一段經過告訴我，看看你們的結論，是不是可以成立。」

白素輕輕擁住了我，我知道她心情有點異樣，所以伸手在她的背上，輕輕拍着。

白素的心情異樣，是可以理解的。她自小在極好的環境下成長，白老大固然在江湖上有赫赫的地位，可是卻也是高級知識分子，有好幾個博士的銜頭，無論是文學修養、科學知識，都是頂尖的人物。

白素雖然一直不知道自己的母親是誰，但不論怎樣設想，都不會想到是一個倮倮女子。

就算在苗疆蠻荒之地，倮倮人在一眾苗人、瑤人、擺夷人等等，聚居的深山野嶺的少數民族中，倮倮人也屬於十分落後的一族。

外人對於倮倮人，可以說一無所知，一提起他們來，那等於是落後、野蠻、神秘的代名詞——正如白奇偉後來對我說的那樣：「老天，那簡直和原始人差不多……」

白素那時的心情，自然也受到了這一點的影響。我只好輕拍她的背，無法用言語安慰她，因為他們兄妹所得出的結論，是不是正確，還要聽了他們和殷大德的交談之後，才能斷定。

白素過了一會，才開始說兄妹兩人去見殷大德的經過，那過程相當長，殷大德有問必答，而且主動告訴了他們許多往事——只要在陽光土司和白老大之間，可以劃上等號的話，那些往事，就都和他們兄妹有關。

而在殷大德的心目之中，是認定了陽光土司就是白老大，所以他才對「恩公」的一雙兒女，知無不言，言無不盡，招待得十分殷勤有禮。

這一段經過之中，夾雜了當年在苗疆蠻荒發生的事，使得這個故事的時空交錯，又有了進一步的發展，十分複雜，也很引人入勝，因為在那時候，發生在邊遠蠻荒的一些事，遠離文明社會，令人匪夷所思，難以想像——比紫金藤這種罕見的怪植物更要怪得多。

殷大德的銀行，在本城也有分行，而且規模相當大，在那年頭，就有了一幢屬於銀行的大廈。白素兄妹先通過電話聯絡——電話才打着的時候，根本找不到殷行長，只是在秘書處留下了話。可是半小時之後，殷大德就親自打電話來了。

殷大德在電話中的聲音，又是焦切，又是熱烈，白素後來的形容是：聽他講話，像是可以看到他一面在抹着腦門上的汗珠。

白素兄妹表示想見他，「有一些事要請教」，殷大德表示無限歡迎，所以，三十分鐘之後，他們已在銀行大廈頂樓殷大德的辦公室中見面了。

一見面，也沒有寒暄，殷大德便把手中的紫金藤杖雙手奉上給白奇偉，十分誠懇：「公子若是喜歡，請笑納。」

這一下，殷大德熱切過了頭，倒令得白奇偉發窘，因為那等於說，三天之前的奪杖行動，人家是認出了是他所做的了。

所以他臉發紅，用力推了一下：「今天來，我們不是為這個。」

殷大德看來也是跑慣了三關六碼頭的，一下子就知道自己的行動有點過火了，所以就立刻收了回來，只是一疊聲地讓坐。

白素兄妹留意到，坐定了之後，那位小個子從一扇門中，走了出來，一聲不出，在殷大德的身後站着，看來他是殷大德的貼身保鏢。

白素開門見山就問：「殷先生，你認識家父？」

殷大德見問，就長嘆了一聲：「令尊是何等樣人物，我怎敢說認識？但他真是我救命恩人，我斷不會認錯人。甚至你們兄妹兩人，我也是見過的。」

兩兄妹陡然之間聽得殷大德這樣說，當真如同頭頂之上忽然炸響了一個焦雷一般。一時之間，只覺得全身發僵，頭皮發麻，兩人的反應一致，都伸出手來，指住了殷大德，可是目瞪口呆，卻是一句話也說不出來。

在這以前，他們也曾聽一個父執說起曾在小時候見過他們——當時，白素是在襁褓之中，白奇偉大約兩三歲，那是在文明世界。可是殷大德如今卻說，在蠻荒的時候，就曾見過他們。

如果那麼小，就在蠻荒，那麼，兩人和蠻荒，自然有脱不了的干係，兩人想到這裏，忽然又想到，在殷大德的心目中，自己根本是陽光土司的兒女，那不單和蠻荒有關，簡直就是蠻荒野人。

兩兄妹一時之間作聲不得，殷大德笑了起來，拍着白奇偉：「那時，你才會説一些話，也剃着三撮毛的頭髮，和現在雖然不同，但是輪廓還在，那是走不了的。」

白素咽了一下口水：「那我……多大？」

殷大德笑了起來：「什麼多大，才出世兩天。」

白素和白奇偉兩人不由自主各自發出一下呻吟聲來，面色蒼白——他們的這種情形，看在殷大德的眼中，自然大是奇訝，連聲問：「兩位怎麼了？」

白奇偉和白素互望了一眼，都知道，若是要別人講出實情來，自己就先不能向別人隱瞞什麼。所以白素道：「殷先生，實不相瞞，家父一直提都不肯提有關我們母親的事。我們明查暗訪，完全不能獲得絲毫線索，只知道家父曾有四川之行，三年之後回來，已多了我們兄妹兩人。」

殷大德聽到這裏，也聳然動容，大聲道：「我說我不會認錯人，是不是？他明明就是陽光土司，是我的救命恩人，可是他為什麼不肯認？」

白素兄妹深深吸了一口氣，這個問題，他們自然不會有答案，但是他們隱約也有了一點概念，事情多半和自身母親的秘密有關，也就是說，他們找到殷大德，算是找對人了。

他們一齊搖頭：「請你告訴我們，那時，你必然曾見過我們的母親。」

殷大德卻搖頭：「不，我未曾見過令堂。」

白素叫了起來：「怎麼會？你見過我，而我那時，出世才兩天？」

殷大德站了起來，握着紫金藤杖，來回走了幾步，又向那小個子作了一個手勢，小個子動作極快，一下子就斟了三杯酒，分別送給三人，神態十分恭敬。他用來給白素兄妹的杯子是普通的瓷杯，給殷大德的是一隻看來黑黝黝的碗，也看不清是什麼所製，也說不定又是什麼罕有的寶物。而酒，是從一個很古舊的粗竹筒中倒出來的，那和極現代化的陳設不是很配合。白素細心，看到那小個子在斟完了酒之後，對竹筒邊上的幾滴酒，用手指沾了，放進口中吮着手指，而他的眼光，一直盯着杯中的酒看，一副饞涎欲滴的樣子。而那種酒，也確然芬香撲鼻。

儘管這時白素自己心亂如麻，可是也注意到了這些細節，所以，當殷大德舉起杯來，向他們祝酒之際，她向那小個子一指：「何不請這位也來一杯？」

殷大德聽了，先是一呆，然後笑了起來：「他想這一天，可想了很久了。」說着，他向那小個子說了一句話，小個子才一聽，一臉充滿了不相信的神情，眼睛急速地眨着，但隨即發出了一下低呼，先一轉身，來到了白素的面前，向白素行了一個相當古怪的禮，接着，又向白奇偉行了一禮，這才再向殷大德行禮，走過去，老實不客氣，倒了滿滿一大杯，走到一角落，蹲了下來，捧着杯，慢慢喝着，向白素望來之時，仍然一臉的感激之色。

殷大德笑道：「這個，是苗人特釀的，我和苗疆一直有聯繫，這種酒，用一種稀有的果子釀製，十分難得，每年我也只有一竹筒。他是倮倮人，知道這種酒強壯筋骨，大有好處，所以這時滿心歡喜。」

白奇偉趁機道：「這位好俊的身手，幾天前我曾領教過，他是——」白奇偉這時只此一問，不但可以把自己日前的行為揭過去，再提起也不會尷尬，而且也可以打聽一下那小個子的來歷，實是一舉兩得。

不過殷大德搖頭：「他是什麼來歷，我也不知道，他跟我多年，是我那次死裏逃生之後不久，也是一個土司，推薦給我的，他忠心無比，只是……」

他說到這裏，遲疑了一下，並沒有再說下去，想是那小個子有什麼缺點，他不想說了。

白素喝了一口酒，只覺得異香滿口，十分舒暢，白奇偉又道：「當時的情形——」

殷大德雙手捧着酒碗，緩緩轉動着，望着金黃色的酒，道：「當時，正是天下大亂的時候，雖然是蠻荒邊遠之地，也受到了天下大亂的影響，一方面勢如破竹，節節取勝，另一方面，兵敗如山倒，有陣前棄械投降倒戈相向的，有帶了敗兵四處流竄的，敗象已到了不可收拾的地步，唉，真是氣數。」

白素兄妹兩人，想不到他會從「天下大亂」説起，不約而同，一起咳了一聲，以示抗議。

殷大德道：「我的遭遇，以及我能和陽光土司見面，和時局變易，兵荒馬亂，大有關係，兩位請聽我的從頭説起，稍安毋躁。」

白素兄妹感到有點不好意思，自然只有連聲答應。

殷大德又沉默了片刻，才道：「令尊曾問我，在雲南營商，是不是和『土』有關，確然，我那時的商務，就是以煙土為主。」

關於那時候，煙土（鴉片）的販賣情形，白素兄妹倒知之甚詳，自然都是從小聽父親和父執輩説起的。雲南出上好的鴉片，稱為「雲土」，不但經由向東的販毒路線，運到外國去，也經由向西的路線，運到中原來。

長期以來，由於販賣鴉片的利藪太深厚，人人眼紅，所以一直控制在有勢力者的手中，幫會、官吏、軍隊等等的強勢，結合起來。當然也少不了有利害衝突時，要浴血爭奪。

所以，一個人若能以鴉片為商務，那麼，其人的身分，必然十分複雜了。

殷大德伸手在自己的臉上抹了一下：「我由於和一個國家的皇族十分稔熟，所以專替他們販賣，江湖上知道這個關係，所以都給我幾分薄面。」

兄妹兩人都一樣的態度，十分淡然置之，並不大驚小怪，以免主人難堪。

殷大德又道：「那一次，我帶了三個伙伴，六匹健馬，帶的是三百斤上好的熟土，準備運出國境去。雖然一直來，各處關節打通，都沒有什麼岔子，可是一切總還是小心為上，按照慣例，晚上搭營過夜之前，由帶隊的把貨物找一個隱蔽之處，妥為收藏。」

由於鴉片等於是黃澄澄的金子，白花花的銀洋，所以在販運途中，沿途遭了搶奪的事情，也時有發生。下手搶奪的，自然都是窮兇極惡的作奸犯科之徒，為了不暴露身分，也為了不被失了貨物的人尋仇，所以下手十分殘忍，不但越貨，而且殺人，不但殺人，而且絕不留一個活口。

販運鴉片的馬隊，一上了路，就等於把自己的性命在作賭注，當然，他們也有保護自己的法子，例如配備精良的武器，重金聘用亡命之徒來作保鏢，等等。

劫匪若是在白天下手，雙方若是勢均力敵，自然不免有一場惡鬥，若是強弱懸殊，那自然是弱肉強食，在蠻荒的窮山惡水之間，哪裏還有什麼公理天道可言？

而到了晚上，要應付劫匪，就加倍困難，販貨者在明，搶劫者在暗，防不勝防，說不定什麼時候，劫匪自黑暗之中撲了出來，先下手為強，把人全都殺了，搶了貨物遠走高飛，就算派人放哨站崗，也一樣作用不大。

所以販貨者想出了一個辦法，入黑紮營之前，由帶隊者一個人，把貨收藏在隱蔽之處——蠻荒的山嶺，山勢險峻，山洞又多又深，又十分曲折，原始林木參天，草叢又高又密，隱蔽之處十分多，而所帶的貨，一般也不過兩三百斤，要藏起來，十分容易，而要找，卻又困難之至。

這是一個很好的辦法，劫匪一現身，若是把人全打死了再說，十之八九，找不到貨物何在，只是白白殺了人，得不到好處。所以久而久之，劫匪也就不敢一上來就趕盡殺絕。

在這樣的情形下，劫匪一出現，雙方自然決鬥，若是匪方勝了，那情形就十分慘烈，必然要拷問出鴉片所收藏的地點來。

殺人不眨眼的匪徒，為了要知道鴉片的下落，什麼樣的手段用不出來？人類相殘的本領，在所有生物之上，斬手斷足，挖眼去鼻，還是最輕的，開膛破肚，活剝人皮，是匪徒在得不到貨物之後，惱怒之餘的報復行為。

如何可以在被匪徒逼供之餘，咬緊牙關，堅不吐實，那是十分重要的問題。本來，鴉片再值錢，也比不上人命，在人命和鴉片之間，應該選擇人命才是。

可是販運鴉片的人，卻另有想法，他們認為，若是劫匪容易得手，只有使劫匪愈來愈多，而且，說出了貨物的所在，也難免一死，所以一定要硬挺過去。

但人畢竟是血肉之軀，酷刑接二連三，總有受不住痛楚而崩潰的時候，所以又想出了一個辦法來——收藏貨物的是領隊，一旦遇到劫匪出現，並且佔了上風之後，都另有早已僱定的極硬的漢子，出來自認是領隊，承受匪徒的酷刑。由於這個人根本不知道貨物藏在什麼地方，自然不論怎樣拷問，也問不出實情來，而在匪徒拷問的過程之中，事情就有出現轉機的可能，或是有人經過，或是有後援隊來到，那就可以得保不失了。

這些，都成了鴉片販運者的成規，匪徒除非真有內應能認出誰是領隊來，否則也無法可施。

殷大德那一次，帶了三百斤上好的熟土，出發的第二天晚上，就遇上了一隊敗兵，領兵的，居然是一個上校團長，敗兵約有一百人之眾。

像殷大德這樣，在江湖上十分吃得開的人物，黑道上的匪徒，不會去碰他，就算碰上了，殷大德自然也有法子化得開，可是遇上了敗兵，那就有理説不清了。

殷大德才牽了三匹馬，藏好了鴉片回到紮營地，就看到上百人，有二三十人，端着槍，圍住了三個伙伴，對方人多，三個伙伴看來連抵抗的機會也沒有，就被反手綁在三株大樹之上。

殷大德一現身，看出情形不妙，想要逃走，哪裏能夠？

上校團長走過來，一挺衝鋒槍抵在殷大德的腰眼上，那上校團長的身形甚高，簡直如同兇神惡煞一樣。

而且，上校的一隻左臂，還用繃帶吊着，繃帶之上，全是血污，可見他非但受過傷，而且，傷得還不輕。

殷大德一看到這種情形，心中就知道不妙，因為敗兵還容易應付，最難應付的是傷兵。傷兵在戰場上死裏逃生，也就變得格外兇狠，沒有什麼事是做不出來的了。

殷大德把遇到了那一隊傷兵之後的情形說得相當詳細，白素兄妹到後來，實在忍不住，幾番催促，殷大德才算轉入了正題。

殷大德和那隊敗兵打交道的經過，若是詳細轉述，當真是驚心動魄之極，單是寫他的三個伙伴，如何在上校團長的命令下，被逐步處死的情形，已經在一切人所能想像的殘酷之上。

上校團長在殷大德的面前，用盡了殘酷無比的方法，處死了那三個被綁在樹上的伙伴，目的就是要殷大德說出貨物所藏的地方來。

殷大德自述他自己目睹了那麼兇殘的殺人方法之後，整個人都不知道自己在何處，若不是自知講了是死，不講也是死，有那麼一點反正是死的信念在支撐着，早已整個人變成一灘爛泥了。

在對付了他的伙伴之後，就輪到殷大德了，先上來一個士兵，用剃刀，將他的頭髮，齊中間剃去一綹，寬約三指，剃得精光。

殷大德也是跑慣了江湖的人，頭髮一剃光，他就嚎叫起來：「長官，是……要……剝……剝……剝……」

他的舌頭不聽使喚，僵住了，在那個「剝」字之後，再也接不出其它的聲音來。

上校團長狠狠地道：「對了。照說，用燒滾了的水，把你頭上那些毛燙下來，更省事得多，要不要？」

殷大德全身，像是篩糠一樣地抖，他剛才目睹一個伙伴的雙手雙腳，被放在滾水中煮熟的慘狀，這時，他還能說得出什麼話來？

上校團長向那手執剃刀的士兵一揮手，士兵就用鋒利的剃刀，在殷大德的頭皮之上，自前額到後頸，一刀劃出了一道血痕來，並不是很深，只劃破了頭皮。

頭上的皮膚，本來就是繃緊了的，所以一刀劃開之後，自然而然，裂口處向上翻捲，鮮血淋漓，順着頭臉流了下來。

殷大德在這時，慘叫了起來：「我……要是說了……怎樣？」

上校團長倒也老實，揚了揚手中的槍：「給你一個痛快，二十年後，又是一條好漢。」

殷大德存着萬一的希望哀求：「我叫殷大德，我很有錢，我給你很多錢，你們可以越過國界去，安身立命，我給你們很多錢。」

他這一番話，自然不是一口氣說出來的，而是斷斷續續講的，大約拖延了兩三分鐘時間，而就在這段時間中，救星到了。

山角一邊，轉出了一小隊人來，當前一人，步履穩健，身形高大，氣勢懾人，雙目有神，才一轉過山角，就看到了眼前的情景：一隊窮兇極惡的敗兵，三個已不成人形的死人，和一個還活着，被綁在樹上，血流披面的人。

那為首的一看，就知道發生了什麼事，所以石綻春雷，陡然大喝一聲：「住手！」

他一面喝，一面加快腳步，大踏步向前走來。白素兄妹一聽得殷大德說到這裏，就知道，那應該是自己父親到了。

兩人互望了一眼，心中都在想：那時，自己在什麼地方呢？

那人威風凜凜，一下陡喝，竟在山崖之中，引起了回聲。

第七部

不可思議的烈火女

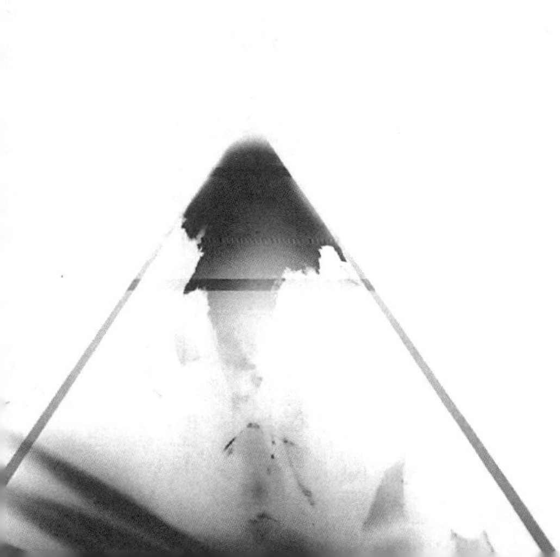

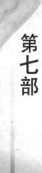

有云「先聲奪人」，那人的氣勢，先叫人感到來人非同小可。他身形很快，一下子已到了上校團長的面前，只見他赤手空拳，挺身而立，向上校團長，怒目而視。上校團長仍然兇神惡煞一樣，可是不知怎地，和那人一比，氣勢低了不止一截。

那人又喝到：「兩陣交鋒時，要是有這樣手段，也不會落敗了。」上校團長想發怒，而且真是極怒，可是面對着那人，硬是發不出怒來，只是空自把一張滿面橫肉的兇臉，憋得通紅，額旁的青筋暴綻。

就在這時，敗兵之中，有好幾十人一起叫了起來：「陽光土司。」

幾十個人突然發喊，聲勢也頗驚人，那被稱作陽光土司的漢子，略抬了抬頭，看到發聲叫喊的人，都同時在向他行禮，有的拱手，有的鞠躬，有的行的是苗人的禮節，他也向各人點了點頭，來人都看到他雖然威風凜凜，可是神情眉宇之間，卻又像是有着極大的悲痛一樣。

敗兵都是當地的部隊，對苗疆中的事，都很熟悉，一下子有人認出了那漢子的身分來，也不足為奇，因為「陽光土司」在方圓千里的苗疆蠻荒之中，是一個大名鼎鼎、響噹噹的人物。

這時，認出他的人叫出了他的名字，其餘沒有認出他的人，也聽過陽光土司的大名，而有兩個人，心情絕不相同，一個是殷大德，他已經一隻腳踏進鬼門關了，居然在這時候，陽光土司出現了。陽光土司處事公正、行俠仗義的種種傳言，他是早已聽說了的，陽光土司出現的場合，自然也不會再容敗兵行兇。

所以殷大德也沒有去想，陽光土司一個人如何對付一大隊敗兵，他只是感到自己有救了，大叫兩聲：「救命。救命。」

他一叫，頭上被割開的頭皮，重又裂開了些，再有鮮血湧出來，自頭頂湧出的鮮血，濃稠無比，令得殷大德看來，更是可怖。

另一個，是那上校團長，上校團長能在這一地區帶兵，當然不會孤陋寡聞，他也一樣聽過「陽光土司」的大名，知道自己會有麻煩。

本來，他和陽光土司對面而立，氣勢就大大不如，這時，一聽到了陽光土司的大名，身子又縮了一縮，自然更顯得落了下風。但這個軍官，本來就是土匪出身，又當了十多年的兵油子，兇殘無比，十分有狠勁，他轉念一想，自己有一百多人，怕對方一個作甚？

所以他陡然一提氣，叫了起來：「管你是陽光是月亮，大伙一起上。」

他在叫「大伙一起上」的時候，自己反倒退了一步，他估計有幾十個人衝上去，雖然傳說之中，陽光土司可以以一敵百，總也有一陣子耽擱，自己就可以從容行事了。

誰知道他叫大伙上，那一百來人，個個如同腳下生了根一樣，釘在地上，一動也不動，竟然沒有一個人，聽他這個軍官的命令。

團長一看到這等情形，心知不妙，可是又不能就此退卻，想要再大喝一聲，恰好和陽光土司的目光接觸，陽光土司目光如炬，懾人之至，他一張口，沒有叫出聲，想揚起手中的衝鋒槍來，已然慢了一步，眼前一花，陽光土司已到了他的面前，一抬腳，踢在他的手腕之上，把他手中的衝鋒槍踢得直飛向半空。

殷大德在向白素兄妹說到這一段經歷之際，手舞足蹈，興奮之極，他道：「令尊——對不起，我認定了令尊就是陽光土司——的行動之快，當真比豹子更甚。那時我血流披面，視線模糊，可是我還是拚命睜大了眼看。令尊一下子到了上校的身前，一起腳，就踢飛了他手中的槍，立時轉身，一肘撞出，就撞中了那廝的胸口，那廝連聲都未出，整個人就像紙紥的一樣，飛了起來，跌出之後，已經出了懸崖，這才聽得他的慘叫聲，自萬丈深淵之下，悠悠傳了上來。」

殷大德一口氣説着當時的情形，當然十分精彩，可是白素兄妹，卻是臉色慘白，身子在不由自主發着抖。殷大德看了，不禁一呆，因為白素兄妹的反應，也未免太強烈了一些。

他又哪裏知道其中的緣故。

原來殷大德如實形容陽光土司如何一招兩式，就解決了那個上校團長，白素兄妹一聽，就知道那是自己父親在武學上的絕學之一，那一招喚作「虎躍龍騰」，一躍，一腳，轉身一肘，一氣呵成，當者無救。

陽光土司竟然能使出這一招來，那他不是自己的父親，還會是什麼人？

可是父親又矢口否認，這使兄妹兩人知道，其中必然有十分隱秘的秘密在。

兄妹兩人連喝了幾口酒，並沒有把這一點向殷大德説出來，殷大德就繼續說當時發生的事。

陽光土司一招之間，就解決了上校團長，敗兵之中，不少人也精通武術，不禁齊聲叫起好來，更有一大半人，動作一致，一起跪了下來，手中持武器的，也都遠遠拋了開去，口中不斷叫着：「陽光土司！陽光土司！」

這等於是所有的人，都向陽光土司投降了。

陽光土司高舉雙手，令各人靜下來，又喝道：「起身，還不放人。」

當然立即有人把殷大德的綁鬆了，死裏逃生的殷大德，身子先是軟在地上，但還是努力掙了起來，直挺挺地跪着，在他要叩下頭去的時候，陽光土司一把把他抓了起來：「和你商量一件事。」

殷大德站直了身子，聲音激動得發啞：「恩公你怎麼說怎麼好。」

白老大臉色嚴峻，先不望他，望向那些敗兵，現出了一種十分深切的悲痛，陡然長嘆一聲，顯出他的心胸之中，有無限的鬱結。

當他望向那些敗兵之時，所有人，個個都和他目光接觸，也都看出，陽光土司雖然神威凜凜，可是心中實在有着說不出的悲苦。

這些人，雖然行為乖張，絕無現代的道德標準，可是其中也不乏血性漢子，義烈之士，江湖草莽之中，原是什麼人都有，而且行事也絕無準則，當時，就有不少人看出，這個威名赫赫的陽光土司，自己本身可能有着極度的悲哀。

所以，那些人一起又叫了起來：「陽光土司。」

這一聲叫喚的意思，陽光土司自然明白，他也知道，自己的心事，瞞不過人，這些人的意思，是說他如果要幫助，那麼，剛才出聲的人，就會赴湯蹈火，在所不辭。

剎那之間，他現出激動的神情來，豪意頓生，一聲長嘯，竟震得棲息在林中的飛鳥，撲喇喇飛出了一大群來。他朗聲道：「多謝各位好意。」

他拒絕了各人的好意，立時又轉身對殷大德道：「你帶了多少貨？」

殷大德半秒也沒有耽擱：「三百斤，全是最好的，本來準備給那邊的皇族帶去的。」

殷大德在說的時候，向南指了一指。

陽光土司點了點頭，向那群敗兵一擺手：「這些弟兄吃了敗仗，無以為生，你把那三百斤土拿出來，給他們分了吧。」

本來，敗兵叢之中，一聽到殷大德竟然有三百斤好土之多，都在交頭接耳。上好的雲土極貴，殷大德又說是給皇族送去的，自然更非同小可，三百斤好土的價值，抵得上三千兩黃金，所以個個都在交頭接耳。

而陡然之間，卻又聽得陽光土司作了這樣的提議，人人都屏氣靜息，一聲不發，要看殷大德如何回答。

殷大德也是走慣江湖的，應聲便道：「好。」

在一眾敗兵還沒有回過氣來時，陽光土司已朗聲道：「不論官兵，人人均分，有爭多論少的，最好以後別叫我遇上。」

百來人一起轟然答應，顯是再也不敢有人違背陽光土司的話。

陽光土司向殷大德道：「我有事趕路，你把土取出來，分了吧，要不，由你帶着他們過國境去，交了貨，收了錢，分錢也是一樣。」

敗兵之中，有人有見識的，立即叫：「願意過國界去分錢。」

殷大德不但死裏逃生，反倒等於多了一隊百來人的護衛，真叫他感慨世事變化之劇。

直到這時，他才發現，陽光土司不是一個人，是有一小隊人跟了來的。

殷大德這時已完全定過神來，而且，他的地位，也和一刻之前大不相同了，早已有人過來，替他抹乾淨了頭臉之上的血污，也在頭皮上塗上了金創藥——雲南的白藥，舉世聞名，這些敗兵身上多的是，只是被剃去的頭髮，不能在立時三刻就長出來。

他看到，跟着陽光土司的那一隊人，六男二女，全是一式的倮倮頭，三撮毛，只不過女的頭上，那三撮頭髮長得多，且還有銀飾。

六個壯男，有四個抬着兩個軟兜，軟兜之上，是一男一女兩個孩子，男孩子約莫兩歲大，頭髮也剃成了三撮，另一個女嬰，卻是一頭的烏髮，顯是才出世，眼睛還緊閉着。

敢在這種蠻荒之地，帶着小孩子趕夜路的，只怕也只有陽光土司一人了。

殷大德這時感恩莫名，一見這等情形，忙道：「恩公，走夜路大人還好，小孩子難以提防，蛇蟲鼠蟻多，我這裏有一小截紫金藤，您先帶好給孩子防身。」

陽光土司沉聲道：「多謝了，兩個孩子身上都有，我要趕路了，再見了。」

殷大德還想說些感激的話，可是陽光土司一揮手，已大踏步向前走去，那一隊人，也跟在後面，一下子就轉過了彎角，只見火把的光影亂晃，再隔一會，就連火光也看不到了。

有了陽光土司的吩咐，殷大德自然再也沒有風險，一切都照陽光土司的吩咐辦事，一帆風順了。

殷大德講到這裏，略頓了一頓，白素忙道：「不對，你根本沒有向……陽光土司提及我們，怎知我那時，出世才兩天大？」

殷大德笑：「倮倮人的規矩，不論男女，出世三天之內，一定要把頭髮剃成三撮，你那時一頭烏髮，又不像是第一天出世，所以我說你出世才兩天。」

白素兄妹，這時已經目瞪口呆，白奇偉又問：「這……陽光土司究竟有什麼神通，令得人人敬服？他若不是當地土人，又如何當得上土司？」

殷大德道：「我在九死一生之中，蒙他打救，自然對他留上了意，曾經搜集了不少有關他的資料，可以對你們說說。」

白素卻又道：「等一等，你說那隊人之中，有兩個倮倮女人……會不會……其中有我們的母親在內？」白素由於心情紊亂，講到這裏時，連聲音都變了。

殷大德聽了，「啊」的一聲：「原來你們真的什麼也不知道。陽光土司的妻子，是倮倮族的烈火女，怎麼會是那兩個普通的女人。那兩個，身體壯健，我看是哺育你們的奶媽。」

白素兄妹還是訝異莫名：「什麼叫倮倮族的烈火女？」白素對我說起這段經過的時候，歷時頗長，而且，有時中間還隔了相當長的時間，有時白奇偉也在。

當她講到她問殷大德，什麼叫做「烈火女」之際，她停了一停，不說殷大德如何回答，卻向我望來。我知道，由於我剛才向她解釋了「陽光土司」和「三撮毛」，所以她在考我，是不是知道什麼是倮倮族的烈火女。

這下子，倒真的把我問住了。

這「烈火女」一詞，我真是聞所未聞。不過，我也不覺得那有什麼不對，因為倮倮族聚居的地區，全是荒山野嶺的蠻荒之地，交通不便，與文明世界，幾乎是完全隔絕的，在那裏有什麼事發生，外面的世界，根本不可能知道。

在那種環境之中，倮倮人完全照他們自己祖傳的方式生活，與毒蛇猛獸，鼠蟻爬蟲為伍，他們的生命價值，在某種程度上而言，也就和其他的生命，沒有什麼分別。世上需要了解，需要學習的事情那麼多，我不知道什麼是倮倮族的烈火女，自然不是什麼見不得人的事。

所以我立時搖了搖頭：「不知道，那是什麼意思？是一個名銜？一種身分？」

那時，白奇偉也在，他眉心打結：「先是殷大德和那小個子告訴我們，什麼叫烈火女，由於他說得十分怪誕，我們不相信，又曾多方面去打聽，去問對蠻荒苗疆情形熟悉的人，被問的人，除非是根本不知什麼叫烈火女，凡是知道的，說法都是一樣，其中有一個，甚至說他親眼看到過倮倮族產生烈火女的怪異情景，和那小個子說的一樣。」

聽得白奇偉這樣說，我知道事情一定怪異莫名，不禁心癢難熬，忙道：「先說說，究竟什麼叫烈火女。」

白素知道我心急：「烈火女的情形，相當複雜，但是最簡單的説法，就是身體會冒出火焰來的女子。」

白素所作的「最簡單的説法」，卻聽得我一點也不明白，不知那是什麼意思。

看到我疑惑的神情，白奇偉拍着胸口：「你説得不清楚，我來説。倮倮人的人數不算少，散居在各處，是苗疆中十分團結的一群，他們有的在湘西，有的在雲南，相隔千里，可是語言都大致相同，而且，他們相互之間一直都有着定期信使的聯繫。這是一項十分好的制度，使得為數接近十萬的倮倮人，十分團結，其他的民族，等閒不敢和他們作對，所以倮倮人的聚居地區，平安豐盛，可稱是世外桃源。」

白奇偉的解説，雖然沒有一下子説明「烈火女」是什麼，但是比起白素無頭無腦的話來，要容易理解得多。我知道事情一定相當複雜，心急不來，所以也耐着性子聽白奇偉的敘述。

在他略頓了一頓之後，我問了一句：「有關這一點，都是白老大告訴你的？」

白奇偉悶哼了一聲：「當然不是。一大半是殷大德說的，還有一些，是我們千方百計問出來的。」

白素也苦笑：「在見了殷大德之後回來，有一天，我們試探着問爹，問他知不知道倮倮人的詳情，他一聽，面色難看之極，悶哼一聲，厲聲道：『不知道。』那時，恰好又是在小書房之中，我們看他面色極差，生怕上次血濺小書房的事再來一次，那就糟之極矣，所以也就不敢問下去了。」這一點，我倒可以理解的，因為白老大有心隱瞞，以他的老謀深算，自然有很多方法，可以不說出真相來。

我道：「你們在殷大德處所得的資料也夠多了，他甚至知道陽光土司的妻子是烈火女。」

白奇偉道：「殷大德說，當他被爹……被陽光土司救下來的時候，他對陽光土司的一切，所知不多，知道的那些，全是他後來搜集來的訊息，他在那一帶十分吃得開，陽光土司又是人所皆知的大人物，要打聽，自然不是難事。只不過，由於陽光土司不但出名，而且奇行甚多，是一個傳奇人物，凡是這樣的人物，自然有一些不盡不實的故事，編在他身上的……」

我同意：「自然是，好了，先弄清楚什麼是倮倮族的烈火女。」

我忍到了這時候，才問出了這個問題來，實在是到了極限了，白素了解我的心情，所以她向我望來，伸過手來，給我握着。

白奇偉苦笑：「我需逐步說，不然，就是妹妹的說法。」

白素的說法我已聽過，聽了之後並不明白，所以只好耐着性子聽白奇偉逐步說。

白奇偉吸了一口氣：「散居在各處的倮倮人，平時不斷有信來往的主要原因，除了一般性質的聯絡之外，還有一項十分重要的任務，就是維持他們三年一度舉行的烈火女誕生大聚會。」我望着他，為了快一點知道什麼是「烈火女」，我決定不再插問，以免浪費時間。白奇偉也說得十分快速。

白奇偉的敘述，一半是來自他們那次見殷大德的時候，殷大德提供的資料，再加上在後來，又向別人詢問的所得，但是主要的，還是來自殷大德處。因為在當時，殷大德一說到有不明白處，就叫那個小個子過來問。

那小個子捧着一碗酒，一小口一小口地喝，神情欣喜莫名，他剃着「三撮毛」的髮式，是倮倮人，殷大德還介紹説他的地位相當高，是一個有幾千人大族中的巫師。苗疆各族之中，巫蠱盛行，巫師和蠱師的地位往往比族長更高。

至於那小個子的一身武功是怎麼來的，殷大德也不知道，那又是另外一個故事了。當時，白奇偉兄妹，自然也沒有空追問。

那小個子是倮倮人，自然對於倮倮人的風俗習慣，再熟悉也沒有。出自他口中的那個三年一度的大聚會，經過殷大德的翻譯之後，正式的名稱相當長，是：「天降烈火女給倮倮人的大聚會」。

大聚會的人數不限，可以來參加的，都會來，這「烈火女的產生」，當然有着極濃厚的宗教色彩，所以可以想像，參加這種聚會，對倮倮人來説，是和回教徒一生都希望有一次麥加朝聖差不多的。所以當小個子説他曾參加過三次這樣的聚會之際，在他的臉上，黑裏泛紅，有着極興奮自傲的神情。

每次參加這樣的聚會的倮倮人，人數都超過三萬以上，所以堪稱是三年一度，苗疆的大盛事。日期是固定的，每年的三月初一到三月十五，地點也是固定的，是一個山巒之上的大石坪，那大石坪在一座危崖之上，足可以容納四五萬人而不見擁擠，是大自然的奇蹟。

會期雖然是在三月初一開始，但有的倮倮人住得遠，交通又不方便，除了靠雙手雙腳翻山越嶺之外，一點別的辦法也沒有，所以自然要提早出發，有早到了半年之前就出發的，沿途幾百里的途程，經過之處，自然少不免要提及這個聚會。

聚會雖然有宗教的目的，而且，奇誕之至，不可思議，但是倮倮人生性坦率，並不瞞人，也不禁止其他各族人參加觀看，只是若不是倮倮人，不能踏足那個石坪，必須在那個大石坪周圍的山峰上遠觀，然而雖然是遠觀，到了最後一天，奇事發生的時候，由於正是三月十五，皓月當空，明鑒秋毫，在石坪上發生的一切，還是可以看得清清楚楚的。

各族都知道倮倮人有這樣的聚會，也知道在聚會中會產生烈火女，而且產生的過程，十分怪異，所以聞風而來，臨場觀看的，每次也有上萬人，而尤以各族的青年男子為多，有的，甚至是不遠百里，一早就跟了來的。

原因是三年一度的聚會，倮倮人有一個十分奇特的規矩，其他人可以參加，也可以不參加，唯獨在那一年，年屆十五歲的少女，都非參加不可。

每年聚集在這大石坪上，十五歲的少女，數以千計，這個年紀的少女，自然個個明眸皓齒，美麗動人，而又活潑爽朗，自然吸引青年男子。雖然苗疆各族之間極少異族通婚的現象，但是年輕男女之間，單是調笑追逐，打情罵俏一番，也就樂在其中了。

當白奇偉說到這裏的時候，我總算明白了一點：所謂烈火女，必然是在參加聚會的那些十五歲少女之中所產生的。

但是如何產生，我還是不知道。

這時，緊靠着我的白素，在我身邊嘆了一聲：「過程很殘忍，聽得我全身發抖。」

我向她揚了揚眉，一時之間，也無法領會她所說的話的內容。

第八部

三年一聚　新舊交替

白奇偉繼續再說下去。

聚會的真正「戲肉」，是最後一晚，其所以在初一就開始，是由於怕遠處的參加者趕不及，留了十四天作為鬆動，以免有人向隅，因為產生一個新的烈火女，對倮倮人來說是十分重要的事。烈火女，是倮倮人精神凝聚的中心，地位接近神。倮倮人的強悍，遠不如其餘各族，可是各族不敢欺負他們，原因就是因為大家都知道有烈火女在。

因為烈火女的產生過程，使得看到的人，都相信烈火女的產生，是神的奇蹟。

開始的十四天，自然是大吃大喝，跳舞唱歌，那是苗疆中各樣聚會的典型形式。所有十五歲的少女，都打扮得又隆重又好看，來自各處的倮倮人，都把自己準備了三年的最好食物和最好的酒拿出來，互相交換。

酒倒真是好的，可是食物，對外人來說，卻實在是不敢恭維，譬如說：打開草蓆，一隻獐子跌出來，一刀割開肚子，滿肚子全是又肥又白的蠅蛆，翻跌出來，所有倮倮人大聲歡呼，搶着伸手去抓吃的時候，沒有這種進食習慣的人，自然不免連黃膽水也嘔將出來了。

「那小個子在說到這種情形的時候，兀自咂舌不已，一副饞涎欲滴的樣子。」

（而當時白奇偉和白素的表情，也可想而知。）

還有一種放在竹筒中，漚得又臭又爛的肉類，也是他們最喜歡的食物。

這自然是長期以來養成的生活習慣，與文明或野蠻，進步與落後無關。若是叫倮倮人看到紅眉毛綠眼睛的洋人，撬開一個形狀不規則、醜陋之極的外殼，把一團死灰色，有滑涎潺潺，又腥又有黑漿冒出來的東西，送進口中，津津有味地咀嚼，倮倮人一樣會感到嘔心，可是那種食物，生吃的牡蠣，卻是「文明社會」中的寵物。

狂歡到了三月十五——該在場的人都在了，這一晚，皓月當空——聚會選在山上的大石坪上舉行，自然也和追求一定要有月光有關。半山腰中可能雲霧繚繞，但是在海拔相當高的石坪上，必然月明氣朗。

等到皓月升到了一定的高度——照那小個子的比劃，大約是升至六十度角時，正式的典禮就開始了。

上一屆的烈火女，這時，會是主角，她先持着一個巨型的火把走出來，當其時，聚集在石坪上的人再多，但是人人屏住了氣息，一聲也不出。

在石坪之旁，各個山峰上看熱鬧的人，也一樣保持着寂靜——蠻苗之地的人，不論多麼兇悍，都不會有敢於得罪神明的。

手持火把的烈火女，來到了一堆乾柴之前，用火把點燃了柴堆，然後，她就從容地跨進去，用傳統規定的姿勢，坐在烈火之上。

當白素和白奇偉，向我敘述有關倮倮人的所謂烈火女，說到這一點的時候，我的喉嚨之中，不由自主，發出了一陣古怪的聲音，伸手指着他們，一句話也說不出來。

因為照他們所說的來推測，那個跨進了火堆的女孩子，絕無生理，非死不可，難道她有鳳凰的本事，燒成灰之後，再從灰燼之中復生？

而令我極度震驚的主要原因，自然是由於我已經知道白素兄妹母親的身分是烈火女，那難道他們的母親早已在火堆中燒死了？

這種情形，對於生活在原始環境中的倮倮人來說，自然早已習以為常，可是外人聽來，尤其被燒死的人，可能和自己有密切關係的，那就自然會感到怪異莫名。

白素兄妹的神色也很難看，可想而知，他們在聽到殷大德和那小個子講到這一段時，情形可能比我更糟。

白素抽了一口氣：「那女子跨進了火堆，坐了下來，在她四周圍，烈焰飛騰，這時，所有的倮倮人，都用低沉的音調，伴隨着一種用相當粗的竹子所製成的樂器，唱出一種歌曲來——」

她說到這裏，和白奇偉互望了一眼，就一起哼起那種歌曲來。我相信那一定是那個倮倮小個子教他們的。

那種曲調，聽來並不悲哀，相當平靜單調，竟有些像是佛教古剎之中，一批僧人的誦經聲，一聽就可以聽出，有相當強烈的宗教意味，使聽到的人，心中感到一股異樣的寧靜。

照說，這時正有一個少女在熊熊烈火之中，是不應該有這種情形的，可是音調確然給人這樣的感覺，或許這是一種犧牲精神。

他們哼了不到三分鐘，曲調已重複了兩遍，我向他們作了一個手勢，他們不再哼下去。白素道：「在這之前，所有參加聚會的十五歲少女，都排列整齊，圍在那個火堆，因為新的烈火女，將在她們之中產生，三年一度，新舊交替……在火堆中的那個，只不過十八歲……」

白素說到這裏，聲音十分傷感，我握住了她的手，嘆了一聲：「自古以來，人類犧牲在宗教儀式上的生命，不知多少，只好假設這些生命的靈魂，都平安喜樂，比別的生命更好。」

白素低嘆一聲，白奇偉在這時，插口道：「最不可思議的事，會在那時發生。」

白素把我的手握得更緊：「據那小個子說，接下來的事，雖然不可思議，但確然是事實，他們都相信，那是神明的力量，而他三次參加的盛會，三次都發生這種事，全是他親眼目睹的，而他又絕沒有理由，會捏造故事來騙人。」

白奇偉補充：「就算他想捏造，只怕也造不出來。」

他們兄妹兩人，拚命在強調事情的真實性，可是卻不說出事實的情形來，這實在令我有忍無可忍之感，我瞪大了眼，提高了聲音喝：「究竟發生了什麼事？」

白素說得十分慢，她說出來的情形，也確然不可思議：「當火堆中的那個女孩子臨死之前，她會伸手，向任何一個方向一指——相信那是她生命結束之前最後的一個動作。而隨着她這一指，在她指的那個方向，必然有一個少女，身上會冒起一蓬烈火來……」

當白素說到這裏的時候，她和白奇偉，一起向我望來，我自然而然搖着頭。我搖頭的理由十分明白，表示「不可能」。

白素續道：「那蓬火光只是一閃，可是所有的人，卻又人人可見。火光在閃起的時候，會把那個少女的身子，完全包沒，但是一閃即滅，那少女全身上下，卻絲毫不受火傷，而那是儀式的最高潮——新的烈火女產生了，歡呼聲可以把山崖完全震塌。」

我作了一個手勢，請她暫時停一停，因為我需要把她的敘述，消化一下。在靜了片刻之後，我問：「新舊烈火女之間的距離是多少？」

白素點頭：「這也是我的第一個問題——那小個子比劃得十分詳細，約莫是三十公尺。」

我又默然——白素說那也是她的第一個問題，自然是說她想到的，和我一樣。隨手一指，就有一蓬一閃即滅的烈火發生，要做到這一點，簡單之至，只要在手中握着一蓬松香粉就可以了，很多地方戲曲在舞台上表演的時候，都有這樣的「噱頭」，有的還可以從口中噴出大蓬的火焰來。但如果相隔有三十公尺之遙，那自然不是這種把戲的效果。

我又道：「世界上，很有些人體發火自焚的怪異紀錄，好好的人，會無端着火自焚。」

白奇偉點頭：「可是沒聽說有被人隨手一指就全身起火的，而且，那蓬火，並沒有造成死傷，只是代表了一種身分象徵。」

我攤了攤手，表示暫時對這種怪異的現象沒有什麼別的問題了。

白素感嘆：「那時，已經沒有什麼人再去理會在火堆之中被燒成灰燼的舊人了，人群把新產生的烈火女抬出來，有專門的人為她裝扮，在她的身上、頭上掛上許多銀飾和象徵吉祥的物事。」

我也嘆了一聲：「這情形十分特別，有點像活佛轉世，可是又不同——每隔三年，燒死一個舊的，產生一個新的，真是特別之極，那也就是說，一個新產生的烈火女，生命最多只有三年。」

白素兄妹一起點頭，神情難看之至——他們的母親如果是烈火女的話，那自然也早已不在人世了。可是，被挑選出來的烈火女，而且是經由「神明的意志」挑選出來的，難道竟可以結婚生子女的嗎？就算允許有這樣的行為，白老大作為一個漢人，又如何可以和倮倮人奉為神明的烈火女結成夫妻的？

這其中，難以想像的經過實在太多了。

我提出要求：「盡量多說有關烈火女的一切。」

白素道：「經過了裝扮之後，還用香料來裝飾，總之，倮倮人所能拿得出來最好的東西，都奉獻給烈火女，然後，再在過去半個月之中，在各種角力之中，取得優秀成績的青年人之中，由烈火女親手挑選四名，送烈火女到一個山洞中去，歷代烈火女，都是在那個山洞之中居住的。」

我哼了一聲：「那山洞，就等於是她的行宮了！看來，三年短促的生命，就是代價，她要負起保護全族的作用，那些小伙子——」

白素道：「供烈火女的差遣，直到三年期滿，也可以作為她的丈夫。」

我沉默了片刻：「這種情形，很類似某些昆蟲的生活結構——供奉着一個雌性，使這個雌性負起整族的命運。所不同的是，昆蟲是實際性的，而人類則是精神上的。」

白素嘆了一聲：「那小個子說，烈火女住的山洞，普通人只能在洞外崇拜，不能進去。」

我苦笑：「有一個關鍵性問題：烈火女是不是可以生兒育女，和普通女孩子一樣？」

白素的回答是：「那小個子說，烈火女在那三年之內，可以做任何事。」

白奇偉沉聲道：「只是要求她在三年之後，走進火堆去，在燒死之前，指出新的烈火女來。」

我喃喃地道：「聽起來，像是一項交易，可是沒有自由選擇的權利——那麼多年來，難道沒有一個烈火女是違反了『交易』的原則的？」

當我問出這個問題的時候，白素兄妹的神情十分古怪，他們呆了半晌，才齊聲道：「我們也問過小個子同樣的問題，那小個子……」

白素獨自說下去：「小個子說得十分支吾，像是極不願說，只是說，由於局勢的劇變，他離開了苗疆，再也沒回去過，所以不知情由，可是他也透露了一點消息：三年一度的大聚會，被明令取消了。」

我「啊」地一聲：「大會取消，那就是說，不會再有新的烈火女產生，舊的烈火女，也不必在火堆中喪生了，是不是？」

白素兄妹的聲音很低：「照說應該如此。」

我們三人都好一會不出聲。因為，如果照說如此的話，那麼，白素兄妹的母親，就是最後一任烈火女，可以避過烈火焚身之厄。

這關係太重大了。問題關係着白素兄妹的母親，至今是死還是生。

照本來的傳統習俗，烈火女在三年之後，必死無疑——就算這個十八歲少女，在三年之後，千不願萬不願，她也只有死路一條。但如果新建立的政權，以命令取消了這種傳統習俗，那麼，最後一位烈火女，自然也得以死裏逃生了。而從時間算來，白素兄妹的母親，如果是烈火女的話，那麼，恰恰就是最後一任。

當時，我想到了這個問題，他們自然是早已想到了的，所以我們三個人互望着，我失聲道：「令堂還在人世，到苗疆找她去。」

白素兄妹的額上，都有汗滲出來，像這種「萬里尋母」的情節，一般來說，只有民間歷史傳奇中才有，現實生活之中，十分罕見，發生在自己的身上，自然更是加倍的驚心動魄。

我在叫出了這一句話之後，甚至現出責備的神情來，因為他們知道這種情形，必非一朝一夕了，而竟然沒有苗疆之行，這豈是為人子女者應有的態度。

他們也在我的神情上，看出了我對他們的責難，白素道：「這其中……有原因，主要的是……苗疆千山萬壑，我們根本無法得知那個山洞的確切所在。」

我十分自然地點了點頭，的確，要到苗疆的山巒之中去找一個特定的山洞，那種困難的程度，只怕和在戈壁沙漠之中尋找一粒指定的沙粒差不多。

白素又道：「而那小個子，他雖然曾三次參加烈火女的新舊交替儀式，可是也不知道那山洞座落在何方。」

我搖頭：「若是倮倮人可以在洞口膜拜，那麼，至少有人知道山洞在哪裏。」

白素點頭：「當然會有生存下來的倮倮人，知道這山洞在何處，可是烈火女是不是還會在山洞中。」

我十分疑惑：「我不是很明白，什麼叫作『會有生存下來的倮倮人』。」

白奇偉的聲音，變得十分低沉：「根據殷大德和那小個子提供的訊息，和我們的了解，就在大混亂之中，有過十分可怕的大屠殺，倮倮人傷亡慘重，而且沒有了凝聚精神力量的聚會之後，生存下來的，盡量向深山野嶺遷徙，遠離文明社會，形成了許多零星的小部落，要找尋他們，更加困難了。」

我閉上眼睛一會，設想着善良無知的倮倮人，在大時代的變遷中，成為犧牲品的情景，也不禁長嘆了一聲，白素兄妹未能萬里尋母，顯然有難以克服的困難，倒也不能深責了。我又道：「那你們至少應該把……令尊如何會當了土司，成為人所尊敬的陽光土司，又如何會和一個烈火女成為夫妻這段秘密查探出來。」

白素苦笑：「你以為我們沒努力過？可是這一段經過，他們不知道，就在爹救了他之後不久，他又有過一次來回，奔越苗疆，着意打探，也問不出所以然來。倮倮人的頭腦十分簡單，都說忽然有人出來當土司，處處為倮倮人着想，就像陽光普照大地一樣，所以見了這個偉岸的人，就稱他做陽光土司，再自然而然不過，從來沒有人去尋根究柢，只當是上天派下來的。」

我雙手握緊了拳，發現白奇偉也有同樣的動作，我們兩人，這時所想的自然是同一件事：整個過程，最最清楚明白的人，就是白老大。

根本不必東打聽西打探，只要白老大肯說，一定自然會明白。

可是白老大卻又明擺着絕不肯說，血濺小書房的那一幕，一想起來，白素兄妹就心驚肉跳，如何還敢造次。

當時，我雖然已在那船的甲板上碰了一個釘子，可是我還是在他們兄妹面前拍了胸口：「這事情，不必捨近就遠，一切全在令尊的記憶之中，我會設法令他把這段往事說出來，那你們就可以知道令堂的情形了。」當時，白奇偉望着我，一臉的感激之色，顯然他充滿了希望，可是白素卻顯然比她哥哥更了解白老大，只是搖了搖頭，神情苦澀。

他們不厭其煩地一再向殷大德和那小個子提問題，殷大德和小個子也答了很多，直到再也答不出什麼來了。

這一次會晤，竟然長達六小時之久，他們也約了再相聚，並且雙方都努力再去搜尋資料。

臨走時，殷大德仍然堅持要把那柄紫金藤作鞘的緬鋼劍，送給白奇偉。白奇偉雖然心中千想要萬想要，但畢竟小伙子臉嫩，不好意思，所以一再推辭。最後，還是殷大德說了一番話，又誠懇又實際，白奇偉才將這份厚禮，受了下來。

殷大德說的話是：「你們父親，是我的救命恩人，我在九死一生之中獲救，當時又不是三歲小孩，怎麼會認錯人？你是恩公的兒子，我倒不是為別的，是為了你為了弄清楚令堂的事，我看苗疆蠻荒之行，必不可免，這一杖一劍，帶在身邊，有莫大的幫助，你再要推辭，莫非連自身都不愛惜了嗎？」

這一番話，自然又動聽又誠懇，白奇偉也就把這一杖一劍，又是杖又是劍的寶物，收了下來。

我聽他們講到白奇偉收下那寶物，不禁大是興奮，立時就道：「啊哈，這樣罕見的寶物，走，這就讓我開開眼界去。」

以當時我和白素兄妹的關係來說，這個要求，是斷無被拒絕之理的，可是我一說，兩人苦笑，白奇偉更攤開手來，一副無可奈何之狀。這情形，自然是表示，寶物早已不在他們手上了。

我也立時想到了發生了什麼事：「令尊——」

兄妹兩人一副無可奈何的神情，以他們兩人之能，這樣的寶物，到了手又會失去，自然是白老大的所為了。我看出他們的心情沮喪，所以開玩笑似地問：「是巧取，還是豪奪？是明搶，還是暗偷？」

兄妹兩人更是連聲苦笑，說出了經過，連我聽了，也為之目瞪口呆。

原來他們在見了殷大德回來之後，才一進門，就看到白老大在一張太師椅上，當門而坐——那太師椅是白老大心愛之物，但平日絕不是放在此處那麼礙眼的位置上的。

白老大當門而坐，顯然是在等人回來，可以一進門就看到，等的自然也就是他們兄妹兩人了。

白老大一見他們，也不等他們出聲稱呼，就一伸手，平平靜靜地道：「拿來。」

白奇偉這時，正右手緊握着紫金藤，想要收起來，如何來得及？

一路回來的時候，兄妹兩人已商議過，怎麼向父親提起殷大德慨贈紫金藤的事，兩人商議好了，就說有要事，非到苗疆去一遭不可，殷大德就大方地把這件防身之寶相贈。他們還打了如意算盤，若是白老大問他們為什麼要到苗疆去，他們就打蛇隨棍上，說是苗疆倮倮人之中，有十分神秘不可思議的烈火女，他們有意去探索一番，弄明白究竟。而且，兄妹兩人，也相約了絕不提有一任烈火女曾是陽光土司之妻，有可能是自己母親等情。

他們的估計是，在這樣的情形下，白老大有可能會多少吐露出一些當年的秘密來。

兩兄妹盤算得自以為周詳，可是結果，和白老大一照面，就潰不成軍，一敗塗地，落荒而逃，得保首級，已是萬幸了。

當下白老大一說「拿來」，白奇偉連忙踏前一步，雙手將紫金藤奉了上去，白老大一伸手抓了過來，白奇偉還想開口，介紹一下這劍杖的奇妙之處——紫金藤的毒性和辟毒功能，自然無法體現，但是緬鋼劍的鋒鋭，他們卻是試了來的。

他們試了「削鐵如泥」，徑寸的鐵枝，應手而斷。也試了「吹毛斷髮」，把白素的一綹頭髮，放在劍鋒上，兩人吹一口氣，秀髮就絲絲斷落。

所以這時，白奇偉的神情，還十分自得。

可是白老大一抓劍在手，就一聲冷笑，那一下冷笑，把白奇偉想說的話，全打回了肚子去。已看出了父親的神色，大是不善。

白老大接着又道：「我白某人的一雙子女，真有出息，竟然上門向人告幫去了。」白素兄妹一聽父親這樣說，自然想急急分辯，可是一時之間，卻又不知如何分辯才好。

白老大說他們「上門告幫」，就是上門乞討的意思，如今人家給的東西，正在白老大的手中，他們要分辯，自然不容易，準備好了的一番話，一句也用不上，全堵在心口之上。

第九部

千方百計打探隱秘

白奇偉的反應是瞪大了眼，說不出話來，白素用極委曲的聲音，叫了一聲：「爹。」

白老大卻並不盛怒，只是神情陰冷得可怕，聲音更是其寒如冰：「這種事，要是傳了出去，我姓白的走進走出，還有什麼臉面見人？」

白奇偉直到這時才蹩出了一句來：「人家是送給我作防身用的。」

白奇偉會說什麼來自辯，自然也早在白老大的計算之中，所以他一聽，就轉過身去，對在他身後的四個手下道：「聽，姓白的多漏臉。自己竟然沒有保護自己的能力，要靠人家送東西來防身。」

白奇偉臉脹得通紅，心知說不過父親，就僵僵地站着不動，白老大又吩咐手下：「替我立刻送回去給姓殷的，再帶一句話過去，要是他再敢瞧不起姓白的，儘管留在本地，姓白的自然會去找他。」

四個手下齊聲答應，其中一個伸手接過了紫金藤，大踏步走了出去。

白素兄妹面面相覷，還有什麼法子？

而白老大傳過去給殷大德的話，嚴重之極。就算殷大德和白老大沒有以前這段淵源，他也惹不起白老大。何況他確認白老大是他的救命恩人，恩人之言，豈可不聽，所以連夜離開了。殷大德在臨走之前，找人傳話給白素兄妹，說了他非走不可的原因，並且說，他會盡一切努力，探聽他們想知道的事，一有發現，立刻會差專人來報告。

而日後，殷大德確然不斷有差人送上他查探到的資料來，可是卻並沒有什麼用處，甚至連一鱗半爪也不是，只是一些道聽塗說的傳說，而且，絕大多數都不可靠。其中有一則傳說，竟然說陽光土司之所以被稱為陽光土司，是由於他本來就是太陽神下凡，會隨時化為一道陽光。

我承認白老大神通廣大，但是也決不相信他會化身為一道陽光。

所以，到白素兄妹向我說起這一切的經過時，不但他們兄妹兩人不知道有關他們母親的一切，連白老大在那三年中，如何會化身為陽光土司，也一無所知。白老大在那三年中的生活，神秘之極，看來除了他自己之外，再也沒有別人可以解開這個謎了。

那時我年輕、好奇（現在仍然好奇），事情又和白素大有關係，所以在知道了這種情形之後，就拍心口：「我出馬，一定可以把秘密自他心中引出來。」

白奇偉忙道：「好。好。」

白素則長嘆一聲：「爹在這件事上，我看他是鐵了心，不管誰出馬，都不會有用處。」

我揚眉：「去試一試，總沒有壞處。」

白素搖頭：「試得不好，大有壞處，當日小書房的情景，我至今想起來，猶不免魂飛魄散。」

我點頭，同意白素的話，來回踱步，過了一會，才道：「事情需要安排一下，要有計劃，不能亂來，每一個步驟實行了之後，結果如何，都要檢討。」

白奇偉聳了聳肩：「好傢伙，像打仗一樣。」

我用力一點頭，於是就計劃實行，第一步，先由白素兄妹去實行，他們向白老大提出，要到苗疆去走一次，不說是為了什麼。

白老大的反應竟十分冷淡，只說了一句：「那地方，若是沒有把握，最好不要去，不然，死了不知道是怎麼死的。」

白素忍不住多問了一句：「爹，我們要去，你難道一點也不擔心？」

白老大長嘆一聲：「擔心又有什麼用？你們都已經長大了啊。」

一句話，把白素兄妹堵得臉發青，再也說不下去了。在知道了白素兄妹的碰釘子情形之後，由我出馬了。

我採取了開門見山的辦法，找了一個機會，我、白老大、白素兄妹四人，飯後喝酒，正在閒談，我看到時機已到，向白素兄妹使了一個眼色，兩人立時借故，走了開去。當時，還是在白老大的小書房之中。

白素兄妹一走，白老大是何等樣人，立時知道會有事發生，兩道濃眉，向上一揚，目光炯炯，向我望來。我也一秒鐘都不耽擱，我道：「那三年，在苗疆，究竟發生了什麼事？」

白老大知道我會「發難」，可是也料不到我竟然會直接到了這種地步，我雖然是他的小輩，但是關係畢竟和他的兒女不同，要客氣得多，他自然不便向我直接呵斥，所以我一說，他先是一怔，接着，面色便陡然一沉，變得陰沉之極——我曾見過他盛怒時的神情，確然十分令人吃驚，威勢懾人。

但這時，他並不是發怒，臉色的陰沉，一定是由於他的心情不愉快至於極點。而且這種不愉快，還夾雜着極度的傷感成分，這一點，也顯露在他的神情之上。

那時，他已經不再望着我，而是望向手中的酒杯，可是我仍然可以在他的眼神之中，感到他悲傷的情緒，簡直是天愁地慘。

他的這種反應，我可以肯定，絕不是出於做作，而是出自內心，這種情形，出乎我的意料之外，在白素兄妹的敘述之中，我已經知道白老大絕不願意人提起這段往事，可是他的不願意，竟然到了這種程度，不是親身面對着他，也難以想像。

一時之間，我似乎放棄了，我想說：「我不問了，你也別去想那三年的事了。」

可是我一咬牙，深深吸了一口氣，忍住了沒有出聲，只是大口喝了一口酒，等着他的回答。

白老大整個人像是被我的這句話用定身法定住了一樣，一動也不動。我連換了三四個坐的姿勢，有兩次，甚至是站了起來之後，又重重坐下的。

白老大仍然無動於中——足足在十分鐘之後，他才把杯子舉到口邊，也不抬頭，一吸氣，颼地一聲，就把杯中的酒，一口氣喝乾。

別看這一下動作，並不怎樣，可是實際上卻極難做到。吸氣的時候，若是一不小心，會把半杯酒全嗆進氣管去。

白老大自然不是故意炫耀，他只是不經意地用這種方法，急於喝酒而已。

他喝了酒之後，我也有點事可以做，連忙起身，又替他的杯中加酒，他也不拒絕，只是向我望了一眼，聲音竟是出奇的平靜，而且，神情也恢復了正常，他先嘆了一聲，然後才道：「年紀輕，好奇心強，我不怪你。」

他說到這裏，伸手在我的肩頭上，重重拍了兩下——我相信他並不是有意的，但卻用了相當重的力道，拍得我身子也側了一下。

他又道：「你將來一定會明白，有一些事，當事人是真的連想也不願去想的，你也就不應該去問他，去問他這種事，還不如用一把刀子去戳他，剛才你已戳了我一刀，我連反抗的能力都沒有，如果你還要再戳我第二刀，我也只好由得你。」

這一番話，他說得如此沉重，我張大了口，一句話也答不上來。

白老大又道：「將來，你說不準也會有同樣的情形，那時，你就會明白得多。」

他說到這裏，向我望來，我在他的眼神之中，看出了一種十分深切的悲哀，我沒有說什麼，連喝了三杯酒，當酒精混入血液，在全身引起一股暖流之時，我長嘆一聲，敗下陣來。

白老大的態度如此堅決，我出了小書房之後，對白素兄妹一談，白奇偉也長嘆一聲，白素卻沒有什麼特別的反應，因為這種結果，早在她的意料之中。

在接下來的日子裏，我也曾千方百計，去打探白老大在那三年中的經歷，發現白老大當年，到了四川之後，和當地勢力最大的幫會組織鬧得不是很融洽，而且，還起了一些衝突，這可能是導致他遠走苗疆的原因，而他在進入苗疆之後，就音訊全無，再為人知的時候，已經化身為陽光土司了。

而三年之後，他離開了苗疆，帶了一男一女兩個孩子，再回到文明社會，又恢復了原來的身分，這三年苗疆生涯，也就成了一個大謎團。

我和白素兄妹一再討論，都不得要領，白奇偉時時發牢騷：「真神秘，比『老子西出函關化為胡』還要神秘。」

我的一個主要問題則是：「為什麼苗疆會有陽光土司的妻子是烈火女的說法。」

我們大家都向這個目標去努力，查下來的結果是：許多次，倮倮人在烈火女居住的山洞之外膜拜時，曾多次見到過陽光土司。而且，烈火女在進入山洞時所選中的那四個壯男，也對人說，陽光土司的妻子是烈火女。

我提出了疑問：「這說不過去，土司是一個官職，有辦公的所在，有土司衙門，陽光土司怎麼可以住到烈火女的山洞去？」

這個問題並沒有答案，因為問來問去，都沒有人知道發生了什麼事，我曾發狠：「我到苗疆去，找到烈火女住的那個山洞，總可以有點蛛絲馬迹的。」

白素兄妹很同意我的想法，又想和我一起去，可是由於纏身的事實在太多，又想在事先多搜集一點資料，所以一直延誤了下來。

到不久之後，又發生了一件大事，對我和白素來說，打擊之大，無出其右——大家一定都在奇怪，有這樣的大事，又是早已發生的，怎麼從來也未曾聽你提起過？這就是白老大所說的話了，這件大事發生之後，我們才體會到了白老大所說的話。有些事，是連想也不願去想的。既然連想也不願去想，怎會提呢？

可是這件事，只怕還是非提不可，只好抱駝鳥心理，盡量押後了。

在往後的日子中，我和白老大之間，再也沒有提過半個字當年他在苗疆的事，但是一有機會，我仍然會留意去查詢。在那次和白老大的談話之後約兩年，有一個機會，得知了白老大在四川西部的一些事，對破解整個謎團，十分有幫助。

明知謎團只要白老大一開口就可以解決，但白老大不肯說，對我和白素來說，成了一種挑戰——挑戰我們要去破解這個迷團。我們之間也有約定：一旦謎團破解，絕不在白老大之前透露半個字。因為我們相信，白老大不肯說，一定有原因的。我們若是知道了，就自己知道好了，不必再去刺激他。

那件事的開始，十分傳奇，簡直就像是武俠小說一樣。那晚，月色極好，我和白素在接近午夜時分回來，一路上，我們已決定回家之後，稍為休息一下，就去賞月沐風，情調一番。

可是，才一停了車，走向門口，還沒有打開門，就忽然聽得自幾個不同的方向，一起傳了了一下呼喝聲，聲音十分嘹亮。

我和白素的反應都十分快，立時轉過身，只見有四個人，身形閃動，極快地向我們奔了過來，一面奔過來，一面還在不斷發出呼喝聲，氣勢相當懾人。

我一看這四個奔向前來的人，便看出他們身手不凡，同時，不知他們來意如何，自然要戒備，所以立時伸肘，輕碰了白素一下。白素卻沉聲道：「袍哥，沒有惡意，十分尊敬。」

白素的話，說得十分簡單，但也已足夠。白老大是七幫八會的總龍頭，她自小和幫會人物打交道，對於一些稀奇古怪的幫會禮數，自然知之甚詳——後來知道，這種一面奔過來，一面發出嘹亮的吆喝聲，是求見者十分尊敬被求見者的一種禮數。

我一聽得白素那麼說，仍然暗中戒備，但是在表面上看來，我和白素，只是閒閒地站着不動，並沒有為來人的氣勢所攝。

這四個人故意把腳步放得十分重，所以疾奔向前來的時候，和四匹奔馬，也沒有什麼分別，更難得的是，他們一到了近前，立時收住了勢子，動作劃一，顯見得日常訓練有素。

他們四人，看來面貌相似，一色的青布密扣緊身衣——這種服裝，穿在矯健大漢的身上，特別有一種英武的氣概，不知是哪一朝的服裝設計家的創作。

四人一站定，這才看到他們的手中都拿着一隻朱漆盒子，在月色之下，看得分明，漆盒之上，盤着銀絲，鑲着羅甸，全是吉祥如意之類的圖案，十分精緻。四個人雙手捧盒過頭，身子略彎，這種情形，更是一看就知道是一種十分尊敬的禮數了。

白素已告訴了我，他們是「袍哥」，那是四川最大的幫會，雖然這時，在根本重地，袍哥的活動轉入地下，早已式微，但是在海外，還是有一定的勢力，而且在時局動盪之中，袍哥之中，很有些見識英明的人物，看出情形不對，及早準備，把一批金銀寶貝，轉移了出來。袍哥在四川這個天府之國，自從太平軍敗之後，勢力擴展得極快，有不少軍政大員，將軍司令，也全是袍哥中人，積聚的財富之多，超乎想像之外，所以不論在何處，都可以稱得上財雄勢大。一來，我並不如何欣賞幫會組織，二來，白素比我熟行得多，所以我們交換了一下眼色，便決定由她去應付。白素略為提高了一下聲音：「四位——」

她的話，只問到了一半，就看到街角處，轉過一個身形相當魁偉的人來，這人卻穿着長衫——現在穿長衫的人愈來愈少了，初時都還算是相當普遍的服裝，連我也時常穿着的。

那人的來勢也極快，可是卻了無聲息，白素才說了兩個字，他就到了身前，其快可知。而白素一看到他現身，也立時住了口，因為一看就可以知道，先出現的四個人不是主角，這人才是。

這人一下子到了近前，立時向我和白素行禮：左手五指併攏，指尖向上，大拇指向着他自己，右手捏拳，「啪」地一聲，打在左手的掌心，捏拳的手，大拇指卻是向着我和白素。

同樣的禮，他行了兩次，先向我，再向白素——我第一次見到這種古怪的禮，我看到白素還了一禮，手勢也夠怪的，但是我卻知道，這個禮，是表示她是屬於七幫八會大龍頭座下的。我不是幫會中人，所以我只是向那人拱了拱手，算是還禮。後來，白素對我說：「幫會中的行禮方式，十分複雜，普通的幫會，行普通的禮，已是一整套。若是身分特殊，或是地位十分高的人，都有他們的私人禮數，一施出來，內行人一看，自然知道來者是何方神聖，等於是通名報姓一樣……」

我笑：「當時我只看得出你還禮，表示自己是在七幫八會總壇的人，你可看出了對方的來歷？」白素搖頭：「沒有，我沒看出對方的來歷，爹曾教過我，說若是一旦認不出對方的身分，更不可怠慢，因為那多半代表對方的身分極高，這種禮，不常使出來，所以江湖上的人並不知道。」

白素在作了解釋之後，頓了一頓，又作補充：「當時我心中十分奇怪，因為四川哥老會的組織中，幾個頂尖人物特備的禮數，爹都曾教過我，可就是沒有見過這一個，這未免有點古怪。而且爹曾說，全世界的幫會之中，他只和四川的哥老會有些齟齬，曾叫我們遇上了，要特別小心。」

所以，白素當時確然十分小心謹慎，她還了禮之後，就問：「閣下有何指教？」

我則趁機打量這人，只見他三十上下年紀，方臉濃眉，一臉的精悍之色，左頰上，有一個十分明顯的新月疤痕，更顯得他有一股天蒼蒼野茫茫的不羈性格。

他一開口，倒先叫我們呆了一呆，他向那四人一指：「四色薄禮，請兩位笑納。」

白素朗聲道：「無功不受祿。」

那人倒也爽快：「正是有事相求。」

白素道：「那更請收回去，在江湖上，見面的都是朋友，有什麼事，請進屋子說。」

我把當時的情形，記述得相當詳細，一來是由於這人的出現，帶出了後來的許多事來，是故事相當重要的組成部分。二來，當時的情形十分有趣，那晚，我和白素是參加一個宴會回來，白素穿着一件西式晚裝，可是她卻行古禮，説些只有在舞台上才用而在日常生活之中卻早已被摒棄了的話，實在十分好笑，我幾乎忍不住要大笑起來——自然，我知道，如果我真的笑出了聲，那是會闖大禍的。

白素一面説，一面作了一個「請進屋子」的手勢，在這時候，我自然得有配合的動作，不然，這台「戲」就「唱」不圓滿了。

白素一做手勢，我立時身形不變，甚至雙腳未曾離地，可是身子便是倏然後退，直到了門前，才一下子轉過身去，把門打開，站在門口，迎接客人。

那五個人分兩次現身，都聲勢非凡，表示他們身負武藝，我自然也不能示弱，要露一手給對方瞧瞧，免得叫人家看不起。我露的這手「就地採金蓮」，事後白素的評價是：漂亮之極。

事情發展到這裏，應該是那人進屋子，那四個人跟進來，可是卻又有了意料不到的變化，只見那人揚頭向着他剛才走過來的街角，叫道：「夫人，衞先生夫婦請我們進屋去。」

這一下，連白素也有愕然的神情，那人口稱「夫人」，當然不會是他自己的妻子，而是另一個十分有地位的女子，這人才出現的時候，我們都以為他是主角，誰知道他也不是，主角還是另有其人。

我們自然都一起望向街角，只見一個身形瘦削苗條的女子，轉過街角，向前走來，步子略見急促，可是卻不是奔跑，而且，也看不出她是不是有武功底子。

這女子來到近前處，只見她瓜子臉，白皮膚，細眉鳳眼，不施脂粉，天然秀麗，而且，年紀輕得出乎意料之外，大約二十出頭不多。她身穿一件藍布旗袍，鬢際扣着一朵藍花，也沒有任何首飾，素淨得像是一個女學生。神情略帶哀愁，雙眼十分水靈，顧盼之間，令人神奪。

忽然之間，又冒出了這樣的一個人物來，我和白素互望了一眼，一時之間，都猜不透這個帶孝的「夫人」，是什麼來路。

那女子來到近前，卻只是淺淺一鞠躬，開口聲音清越，自然也是一口的川音：「打擾兩位了。」

白素事後對我說：「這女子才一現身，我就對她有莫名的好感，心頭一陣發熱，只覺得親切無比。」

白素一直把這份好感當作是「莫名的好感」，一直到好多好多年之後，謎團一層一層被揭開，她才知道，她一見那女子就有那種感覺，並不是「莫名其妙」，而是大有來由的。

白素再作手勢，請來客進屋子去，那女子在前，那人和四個大漢跟在後面，看來全是那帶孝少婦的跟從。進了屋子之後，少婦作自我介紹：「先夫姓韓。」

這介紹簡單之極，顯然作這樣自我介紹的人，心中以為一說「姓韓」，人家就會知道那是什麼人。可是我和白素互望了一眼，都不知道那是什麼來頭，只好敷衍着，叫了一聲：「韓夫人。」

韓夫人向那人道：「阿達，說說你自己。」

那人踏前一步，朗聲道：「在下何先達，一直跟着三堂主辦事。」

當他說到「三堂主」的時候，伸手向韓夫人指了一指，當時我的心中，就十分疑惑。

第十部

四色名貴禮品

我疑惑的是，他口中的「三堂主」，是韓夫人本身呢？還是韓夫人已故的丈夫？

但是，「堂主」這個職位，在四川哥老會中相當重要，我卻也知道的。哥老會的勢力，在四川分佈得十分廣，統稱哥老會，或袍哥，在名義上，也有總舵之設，可是許多地盤，各自為政，都自有一套組織和名堂，領袖人物，多沿用「堂主」這個銜頭，有內堂外堂花堂等等名號的分別，十分複雜。同是堂主，也有聲勢煊赫、一呼百諾的，也有不值一文的，都看財勢而定地位。這位何先達口中的「三堂主」，聽來像是十分有勢力的了。

這樣的自我介紹，說了等於沒說，只是有了稱呼而已。至於另外四個人，那是連自我介紹的資格都沒有的了。在韓夫人坐下之後，我和白素一直堅持，韓夫人也出了聲，何先達才坐了下來，那四個人站着，雙手仍然捧着漆盒。

寒暄過了之後，白素也替各人斟了酒，韓夫人向何先達示意，何先達向那四人擺手，那四人立時把漆盒放在几上，打開盒蓋來。

他們的動作十分快，白素想要阻止，已自不及。

那四隻漆盒子中盛放的是禮物，這一點我們早知道了，而且也明白這個女子帶了人前來送禮的原因，是由於有事相求。

白素從一開始就現出十分冷峻的態度，多半是她不願和袍哥發生什麼沾染的緣故。我的想法，和她略有不同，因為收不收禮，是不是答應他們的求助，決定權在我，看看來勢十分驚人的袍哥，送出一些什麼禮來，也是好的——在很多的情形下，出手送禮的人，品味性子如何，很可以從他所送的禮物上看出來。

所以，我很高興白素並沒能阻止那四個人揭開盒子來，而且立即向盒子看去，只看了第一隻盒子一眼，我就發出了「咦」的一聲，而且，自然而然，一伸手，把盒子中的東西取了出來，看個仔細。

這種動作，本來是十分小家氣的，可是在一旁的白素，非但沒有怪我，她也湊過頭來，和我一起看——之所以有這樣的情形發生，自然是盒中的那東西有趣之極，叫人一看到了之後，就忍不住要拿在手中多看幾眼的緣故。

說了半天，第一隻盒子中的究竟是什麼呢？簡單點說，聽到的人，一點也不會覺得有什麼稀奇：那是一塊拳頭大小的雨花台石。

雨花台石是相當普遍的物事，盛產在南京雨花台一帶，色澤斑斕，什麼顏色花紋都有，大小也不一，大約最大的可比拳頭大，小的一如米粒，相傳晉時高僧生公説法，説得天花亂墜，落地之後，就化為五色石子，連雨花台的地名，也是這樣得來的。

但實際上，雨花台石，自然是隕石，確然自天而降，不知來自宇宙哪一個遙遠而神秘的角落，地球人恐怕永無法弄得明白。早年，我有一宗奇遇，和一塊怪異莫名的雨花台石有關，就用「雨花台石」為名，記述過出來，所以我對雨花台石，另有一種愛好。

這時，我看到的盒中的那塊雨花台石作不規則的扁圓形，顏色是常見的白色和墨綠色。它奇在在它的兩面，都相當平整，我一眼就看到，那上面有一幅天造地設的太極圖，一半墨綠一半白，不但整個圓形圓得標準，而且把太極圖分開的曲線，也絲毫不差，更妙的是，墨綠的一半中有一點白，白色的一半之中，有一點墨綠，也正在它們應該在的位置之上。

唯一可以挑剔的，是顏色並非黑和白，但是綠得十分深，實在也不應苛求了。

這樣的一塊奇石，只是奇，本身還是石頭，說不上十分值錢，可是，卻十分有趣，我一下子把它撿起來看，是想看清楚曾否有過人工的修飾，也想看看它的反面，是不是另有圖案。

一拿起來仔細看，就可以看出，那純粹是天然形成的圖案，並無任何加工，而且反過來一看，也是同樣工整之極的太極圖。

我和白素，都看得愛不釋手，我自然而然，也表示了一些意見，說真要是黑白兩色的話，那就更加不可思議了，白素則道：「就這樣，也已經是奪天地之造化了，神奇莫測……」

我也立刻發揮了自己的想像力：「太極圖可以出現在來自太空的隕石之上，那麼，連伏羲氏得到河圖、洛圖、創八卦等等，都可以有假設，是來自宇宙不知何處的一種信息……」

白素深有同感，連連點頭。

在我們討論的時候，何先達和韓夫人一聲不出，他們看出我們十分有興趣，也有欣然之色。

等到我們住了口，何先達才開口，這顯得他十分之有教養，他道：「雨花台石，放在水中，顏色才顯，這石子一浸水，顏色恰是黑白，不是墨綠色。」

我和白素又不由自主，「啊」地一聲，更感到奇妙無匹，何先達一伸手，不經意地，在第二隻盒中，取起一隻淡青色的水盂來，直徑約有二十公分。

他道：「拿這水盂注水，恰好可以放這塊太極奇石，以供欣賞。」

我和白素互望了一眼，若是說那塊雨花台石，只是奇趣，不算名貴的話，那麼，這隻被何先達不經意地取在手中的水盂，卻是非同小可，我和白素都看出，那是上佳的龍泉青瓷，是極罕見的珍品。

白素不置可否，我這時，對送禮者的心思，已十分有好感，所以再去看第三個盒子，卻是一個天然生成的老竹根煙斗，取起來一看，煙斗的裝煙部分相當大，嘴長約有二十多公分，大根之上，盤着許多小根，那些小根的形狀，千奇百怪，像是有不知道多少怪物，俯伏在大竹根之上，愈看愈多，看久了，倒像是那些千奇百怪的怪物，都在蠕蠕而動，像活的一樣。

我看了之後，不禁感嘆：「那奇石是來自天上的傑作，這竹根，則是來自地下的珍品，難得，難得。」

何先達十分高興：「衛先生真識貨，這竹根叫作『百獸圖』，罕見之極，三堂主曾說，那是他韓家的祖傳，四川雖然多竹，但只怕刨遍了全省，再也找不出相類的竹根來了，昔年，韓家曾想──」

他興致勃勃，說到這裏，韓夫人就叫了他一聲，不讓他再說下去。

我則揚了揚眉，暗示我想聽下去，韓夫人笑了一下：「也沒有什麼，韓家曾兩度想把這竹根當禮物送出去，都沒捨得，這是爺們愛好的物事，我女人家留着，也沒有用處，所以就作個順水人情。」

聽得她這樣說，這竹根竟是名貴異常，深得主人寵愛。她雖然說是「順水人情」，但正是在提醒這件禮品的名貴之處。

她出手如此之重，想求我們的不知是什麼事？

這時，在一旁遞了茶來之後就一直沒離去的老蔡，插了一句口。

老蔡一向倚老賣老，不是很懂規矩，他有點不服氣，問：「兩次想送人又不捨得，想來是受禮人不夠資格收這名貴禮品了。」

何先達笑了一下：「先一次，是四川總督來商量，想送給西太后當壽禮，後來一次，是想給袁大總統。」

我和白素不出聲，老蔡伸了伸舌頭，也沒有再出聲。

白素伸手在我的手背上，輕輕碰了一下，那是她在告訴我：禮下於人，必有所求，要小心應付才好。我暗中點了點頭，再去看第四件禮物時，卻是一對白玉的虎符，自然玉質佳絕，手工精細。

看完了四件禮物，我向白素望去，只見她眉心微蹙，拿起了其中一隻盒蓋來蓋上，沉聲道：「韓夫人不知想我們如何效勞？只要可以做到，自當應命，這些禮物，我們一件也受不起，請原諒。」

韓夫人一見這種情形，現出了十分焦切的神情，雙手緊握着，雙眼之中，竟有淚光瑩然。白素是一見了她，就有十分好感的，這時忙道：「韓夫人，我們不受禮，並不是說不肯助你。」

何先達在一旁嘆了一聲：「實在是只有衛先生一人才能幫助，所以不嫌冒味，前來相求。」

我笑了起來：「有什麼事，普天之下竟只有我一個人才辦得到，別把我看得太神通廣大了。」

韓夫人一開口，聲音有點哽咽，更能博人同情，看來白素十分願意幫她，給了他一個鼓勵的神情，韓夫人這才道：「我……有一個姐姐，在川西失了蹤，她可能進入了雲貴一帶，那是苗蠻聚居之處，她音訊全無，吉凶未卜，我……自小喪母，她大我許多年……是她撫養我長大的，所以日夜思念……」

常言道：事不關心，關心則亂，韓夫人顯然十分關切那位比她年長許多的姐姐，所以說起來，有點着急，話也不是很連貫。

我聽到了她的目的，是到川西或是雲貴一帶去找一個人，就不禁苦笑，心想這倒好，我和白素，也想到苗疆去找人，正沒頭緒，泥菩薩過江，自身難何，如何還能幫助別人？

我正想說「無能為力」這類話去推搪。而且，我心中也不免奇怪，他們是四川的袍哥，人在川西失蹤，那正是他們的勢力範圍，雖然說時易事遷，但至少地理環境他們熟悉。而且袍哥人數眾多，派幾個有經驗的搜索隊出去，還怕沒有結果嗎？而且，就算他們找不到，我又能幫上什麼忙了？

不過，我話沒有出口，何先達已然道：「唉，三堂主在生時，曾派出上百人去找尋，可是沒有結果，所以韓夫人才想親自去。」

何先達說着，現出了一副不以為然的神情，顯然他對韓夫人親自出馬一事，也認為必然徒勞無功。

韓夫人低嘆一聲：「我何嘗不知道事情困難之極？只是我總在想，別人去找，找的是我的親人，找得到找不到，都不關心——」

她說到這裏，何先達忍不住加了一句：「三堂主已把賞格，提高到了黃金一千兩。」

他在說了之後，又現出十分惶恐的神情，很不自然地挪動了一下身子，不過韓夫人卻並沒有責怪他，只是道：「縱使黃金萬兩，又怎抵得上親情一分？我那姐姐養育我，就差沒有親自哺乳了。」

她說到這裏，神情黯然，不勝欷歔。白素吸了一口氣：「不知我們能相助什麼？」

韓夫人抬起頭來，欲語又止，像是不好意思開口，我這時心中在想：不是要我陪她進苗疆去吧。如果真是這樣，那太過分了。我怕她一提出來之後，白素說好，再加上一句「我們本來也想到苗疆去，也是找人」，那就真是天大的麻煩了。

所以，我連連向白素，使了幾個眼色，示意她切不可答應。可是白素卻只是皺着眉，看來，並沒有注意到我的強烈暗示。

何先達在這時候，也乾咳了一聲，想來目的是由他來說，比較容易開口些。

韓夫人略點了點頭，何先達道：「衛先生曾有苗疆之行，所以韓夫人想——」

他說到這裏，我陡然作了一個手勢，打斷了他的話頭，他這樣開了一個頭，求我做什麼，再明白也沒有，要是等他說出來再拒絕他，就更難辦了。

白素卻在我作手勢的時候，望了我一眼，很有點責怪我的意思，我只好把目光移開去，用明顯的態度，表示我的意見。

這種情形，自然十分令來人難堪，所以何先達支吾了一會，才鼓足了勇氣道：「所以想請衛先生到苗疆一行。」

他的語聲才一出口，我就以第一時間拒絕了他：「辦不到，到苗疆去尋人，並不是我的專長。」

韓夫人和何先達都好一會不出聲，白素看出我的態度異常堅決，所以也不說什麼，一時之間，氣氛十分之僵。我已準備拚着得罪袍哥的三堂主，站起身來上樓去了。而當我站起來之後，韓夫人才幽幽地道：「衛先生可能誤會了，我們並不要求衛先生陪我們在整個苗疆找人，只請求衛先生帶我們去見那一族蠱苗。」

我怔了一怔，脫口問：「哪一族蠱苗？」

韓夫人道：「自然是那一族——衛先生曾去過的。」

我不禁大是奇怪：「韓夫人去見他們幹什麼？莫非令姐的失蹤，和蠱術有關？」

韓夫人皺着眉，半晌不說話，這才道：「不是，我的意思是，蠱苗在苗人中的地位十分高，走到哪裏，都受人尊敬，我要到苗疆去找人，說不定要找上三年五載，不知要見到多少生苗熟苗蠻猺倮倮人……只要能有一兩個蠱苗伴行，就安全得多了。不然，天知道會有什麼樣的兇險事情發生。」

韓夫人的這番話，聽來十分有理，找不出什麼破綻來，可是我聽了之後，總覺得有點不盡不實，覺得她有隱瞞事實之處。

不過我既然不準備幫助她，自然也不必深究了，所以我只是淡然道：「蠱苗自視甚高，不見得肯受聘做人的保鏢，而且，韓夫人，實話一句，生離死別，固然令人神傷，可是苗疆之大，千山萬壑，要去找一個人，無異是大海撈針，不會成功的。」韓夫人低下頭，有半分鐘的沉默，這才道：「我有辦法使蠱苗派出人伴我行走苗疆。」

她對我的勸說根本不聽，反倒說出這樣的話來，這令得我有些生氣，我提高了聲音：「我和他們的關係很好，但即使我出現了，開口求他們，也未必會有結果。蠱苗的地位極高，酋長更如同所有苗人的天神一樣。」

韓夫人的回答，卻大是出乎我的意料之外：「並不需要衛先生出言相求，我另有辦法令他們答應我的要求，只是請衛先生帶路。」

我「嘿嘿」冷笑了兩下：「請問是什麼辦法？如果無效，我豈不是白走一趟？如果他們看我的面子，派出人來陪伴你去找，又豈不是成了我強人所難？」

韓夫人用心聽我說着，又低下頭，想了一會，才向何先達作了一個手勢，何先達自身邊取出一個布包來，一看到那塊布，我就呆了一呆。布已經很舊了，織在布上的圖案，也都已褪色，可是還是可以辨得出，那些圖案，是一些奇形怪狀的昆蟲蜘蛛之屬。

同樣的布，當年我深入蠱苗的寨子時，曾經見過，幾乎家家戶戶都使用來作為門簾，也拿來作包袱，是他們自織的土布。

何先達取出了布包，解開，裏面包的是一隻扁平的白銅盒，這種盒子我也不陌生，可以肯定是蠱苗常用的物事。

一時之間，我在蠱苗的寨子中所經歷的事全湧上了心頭：如何為了芭珠的死而痛哭失聲，如何在一間陰暗的屋子中會見老酋長，如何和老酋長的兒子猛哥結成了好友。

這一切經歷，都如同就在昨天發生的一樣。

白素自然可以在我的神態上，知道何先達取出來的東西，確然是來自蠱苗的。所以，她也十分留意。

何先達打開了那隻銅盒，盒子十分淺，看來是整塊白銅挖成的，只有一個火柴盒大小的凹槽，裏面襯着一小幅有一種灰色光澤的不知是什麼的皮，有着十分細密的短毛，而在那塊皮上，是一隻翠綠得鮮嫩欲滴，綠得發光發亮的甲蟲。

那甲蟲不過大拇指大小，形狀扁平，有寬而扁的觸鬚，也是翠綠色的。

我從來也未曾見過這樣的甲蟲，也不知道有什麼用。可是卻知道那必然和蠱術有關，因為各種古怪的昆蟲，正是蠱術的主要內容。

直到又許多年之後，認識了藍絲，又和藍家峒的苗人打交道，這才算對蠱術又開了眼界，知道一隻小昆蟲在蠱術之中，簡直可以變化無窮，神奇無倫。

那時，何先達舉着盒子，讓我們看清了那隻蟲，然後，又把盒蓋蓋上。

雖然看到了那隻盒子，那塊布，那隻蟲，可以肯定和那種蠱苗有關，但是韓夫人自然應該有進一步的解釋。

韓夫人這樣開始：「這東西，是我姐姐還沒有失蹤之前，叫人帶到成都來給我的，那時我才五歲，總希望有古怪有趣的生日禮。我姐姐知道我有這心願，所以她說，這算是賀禮，這玩意是來自苗疆的一種蠱苗，十分珍罕，有了這……個蠱，如果有什麼事要求蠱苗，一取出來，求什麼都可以達到目的……」

我當然可以肯定這隻翠綠色的小蟲大有來歷，但是我還是問了一句：「你姐姐這樣說，你就十足相信了？何況她是託人傳言，不是親口對你說的。」

韓夫人望向我：「是不是可以允許我詳細說。」

我還沒有反應，白素就道：「當然可以，當然可以。」

後來，我和白素又討論到他和韓夫人那次會面的情形，白素道：「我就有預感，感到她再說下去，事情會和我有關係。」

我悶哼一聲：「這韓夫人的城府很深，她必然早知道她的敘述之中會出現和我們有關的人物，卻不一上來就說，繞着彎子，才肯說出來。」

白素十分護韓夫人：「我不以為她有預謀。」

這是後來的爭論。當時，白素既然答應了韓夫人可以詳細說，我自然不會反對。

來自苗疆，有關蠱術的事，也十分奧秘有趣，聽聽也是好的。

所以我點頭表示同意。韓夫人道：「小孩子家，有了這麼古怪的生日禮，自然要在人前炫耀一番，當晚，先父為我大擺筵席，請了許多人客，我叫叔叔伯伯叫得聲音也啞了，來的客人中，什麼樣的人物都有——」

她說到這時，我問了一下：「令尊是——」

韓夫人沒有回答，倒是何先達說的：「陳督師當年在川西帶兵，人數接近十萬。」

我和白素陡然一怔呆，白素立刻說出了一個聲名顯赫的將軍名字來，我也立時問：「是他？」

一聽到白素說出了這個名字，韓夫人立時站了起來，十分恭敬地道：「那是先父的名字。」

何先達也立即立正——他可能是陳將軍的部下，當時有許多軍官，有袍哥的身分，不足為奇。

這時，我和白素真的呆住了難以出聲。她一上來介紹她自己是什麼韓夫人，丈夫是三堂主，聽得我們不置可否。如果她一上來就說她自己是那位陳將軍的女兒，那我們就知道她的身分了。

那位陳將軍，在中國近代史上相當有名，有關他，有很多軼事傳下來，他的身分，嚴格來說，是一個「軍閥」，自然也脫不了一般軍閥的野蠻落後的毛病。

可是他特別之處在和江湖人物來往密切，自身也大有豪俠之氣。

這位大將軍治軍極嚴，又用兵如神，勢力最大的時候，豈止在西川而已。

當下由於我們的驚訝，韓夫人解釋：「女子出嫁之後，總要以夫姓為榮，所以衛先生不問，我就沒有提起。」

我和白素並不是趨炎附勢的人，但是韓夫人出身如此之好，大有來頭，也頗令人意外。

韓夫人又停了一會，才道：「先父一見了我，一把抱了我起來，我就坐在他的膝上，他十分疼我，摸着我的頭，說了一些話，賓客自然都奉承着他，我就在這時，拿出了這盒子來——盒子十分重，是整塊銅挖成的，打開給先父看。先父一看，就『呸』地一聲：『女娃子怎麼也學男娃子一樣，捉起蟲來了？』我道：『這蟲不是捉的，是姐姐派人送來，作我生日禮物的。』先父一聽，臉色就陡然一沉。」

韓夫人講到這裏，向何先達示意了一下，何先達道：「大小姐自小讀書，十分洋化，和陳帥……屢有頂撞，終於離家出走，陳帥曾為此大發雷霆。」

第十一部

大鬧哥老會

一個軍閥而有一個不聽話又洋化的女兒，怎能不大起衝突，韓夫人嘆了一聲：「那時我還小，只知道姐姐是不肯聽父親的話嫁人，所以才出走的，父親曾派人去抓她，她拚着一死，不肯回來，父親也就無可奈何。」

韓夫人閉上眼睛一會：「實在說，我對姐姐的樣子，也十分模糊了，可就是愈來愈想她。」我和白素都沒有表示什麼，韓夫人繼續說當時的情形，這是第幾次時空交錯的敘述了？且別管它，因為事情發展下去，愈來愈是古怪，在這個敘述中，韓夫人是一名小女孩。

當下，陳大帥面色一沉，不怒而威：「別提這賤人。」

小女孩一扁嘴：「姐姐不是賤人。」

手握重兵，威風八面的將軍，有什麼人敢反對他所下的判斷，可是面對的是一個小女孩，又是他最鍾愛的小女兒，官威再大，也發作不起，所以只是悶哼一聲。這種情形，自然十分尷尬，滿堂貴賓，都不知怎樣才好，本來是鬧哄哄的，忽然靜了下來，也正因為這樣，所以忽然之間，有幾個人「咦」了一聲，就人人可聞。

接着，還有一個人失聲叫了起來：「這小蟲兒，不是那姓白的下江漢子的東西嗎？」

隨着那人一叫，立時有四五個人，身形快速，刷刷地向前掠來，掠向大帥的席位，一時之間，氣氛變得十分緊張，大帥的衛士長，大聲呼喝，也趕了過來，大有劍拔弩張之勢，眾賓客紛紛站起，不知道有什麼變故發生。

那五個人的身形十分快，一下子就到了大帥的席前站定，卻不再有動作，只是五雙眼睛，死死地盯着小女孩手上的那隻銅盒子看。

大家這時也看清，那五個人，有兩個是高級軍官，一個還是師長，另外三個人，也都氣派非凡——本來，能參加大帥的盛宴，自然不會是等閒人物，但是這五個人的身分，更是鮮明，不論他們的表面身分是什麼，他們真正的身分，是袍哥的首領，地位極高。一看清了這五個人是什麼人，所有人都鬆了一口氣，因為人人知道，大帥和袍哥的關係極好。可是卻也人人奇怪，因為看來，這五個袍哥的首領，十分緊張，像是發生了重大之極的事情一樣。

五個人之中，有性子急的，已經張大了口，想要喝問什麼，可是大帥卻泰山崩於前面色不變，皺了皺眉，沉聲問：「怎麼了？」那五個人也知道自己失態，各自後退了半步，一個看來相當老成的道：「大帥，早些日子，有一個姓白的下江漢子，大鬧袍哥總堂，妄想當總堂主的事，大帥想來已聽說過。」

大帥是聽說過，而且也知道，雙方還動了手，袍哥方面，很有些人受了傷，本來講好了是比武，可是輸得急了，難免意氣用事，弄僵了，又欺侮人家是單身一人，群起而攻。可是結果，那「姓白的下江漢子」還是全身而退，把袍哥弄了個灰頭土臉，狼狽不堪。

正因為大帥知道這個經過，所以他緩緩搖了搖頭：「事情過去了，別提了吧。」

他這是顧及袍哥的面子，那三個人自然知道，可是還是指着那銅盒子：「這正是那姓白的下江漢子的東西。」

袍哥在吃了虧之後，曾下了追緝令，揚言要那姓白的下江漢子在四川寸步難行，可是人家卻照樣大搖大擺，所以袍哥首領早已怒氣沖天，這時，雖然只看到了一隻銅盒子，也如同和仇人狹路相逢一樣，難以自制。

這時，小姑娘開了口，她童音清脆：「這是我姐姐託人帶來給我的生日禮，不是什麼姓白的下江漢子的東西。」當韓夫人講到這裏的時候，已經出現過好幾次「姓白的下江漢子」這樣的稱呼了。

當這樣的稱呼第一次出現的時候，我和白素就心中一動，互望了一眼，又緊握了一下手。

四川人很自負，四川省又居於長江的上游，所以把其他省籍的人，叫「下江人」，並沒有什麼特別的侮辱之意，但也當然不會有敬意。而那五個袍哥首領卻又稱那姓白的是「下江漢子」，那是十分尊敬了——可知雖然把他當仇人，但還是敬佩他的。

再聽下去，我和白素都毫無疑問，可以肯定那姓白的「下江漢子」，不是別人，正是白素的父親白老大。

這一來，我和白素都興奮莫名，因為白老大先到四川，再西行進入苗疆，那三年時光，白素兄妹相繼出世，正是我們千方百計想要破解的謎團。忽然之間，平空有了線索，怎不高興。

再聽下去，我和白素，都不禁咋舌，知道了白老大那次入川，竟然闖了那麼大的禍——他有時，也太妄自尊大了，四川的袍哥，有上百年的基礎歷史，非比一般尋常的幫會，他隻身前往，竟然想人家奉他為總堂主，這怎能達到目的。演變為全武行，是必然的結果。

不過，白老大的目的雖然未達，可是他一個人大鬧袍哥總堂的場面，卻也驚人，連想上一想，都叫人全身發熱——那必然火爆之極，不知有多少場惡鬥，白老大自然盡展所能，這才是雙方雖然反目成仇，但還是贏得了對方尊敬的原因，草莽英豪，很懂得惺惺相惜的道理，絕不矯揉造作的。

韓夫人也看到了我們有異樣的神情，所以停了一停，向我們望來。

白素忙道：「請說下去，那……姓白的下江漢子，聽來像是家父。」

白素這句話，說得心平氣和之至，可是韓夫人一聽，神情訝異莫名，好一會說不出話來，呆了半晌，才向何先達看了一眼。

何先達卻並不驚訝，淡然道：「白先生的來歷，後來自然弄清楚了，所以我早知衛夫人是他的千金。」

我和白素，簡直緊張之極，齊聲問：「當年他在四川，你曾見過他？」

何先達點頭：「有幸見過一面，那年我十一歲，才出道兒，說來慚愧，白先生大展神威之時，我是躲在桌子底下的。」

我和白素互望了一眼，悠然神往之至，恨不得白老大大展神威之際我們也在場，就算是躲在桌子之下，也是好的。

照我和白素的意思，都想先聽何先達說說白老大大展神威的情形，可是這時，韓夫人的反應，卻奇特之極，她盯着白素看，看得白素不由自主摸着自己的臉，以為有什麼不妥。韓夫人不止如此，又拉起白素的手來，翻來覆去地看。她的年紀不會比白素大很多，可是在這樣的情形下，她卻像是比白素大很多一樣。

白素本來就對韓夫人很有好感，所以也任由她，我在一邊，看得奇怪之至。過了幾分鐘之久，韓夫人才長長地吁了一口氣，鬆開了白素的手，神情仍是古怪之極，又低頭想了一會，再抬起頭來，才恢復了常態。

她低嘆了一聲，輕輕說了一句：「對不起。」

然後，她又道：「當時，我只知道那隻小蟲，是我姐姐送給我的，根本不知白先生是什麼人……江湖上的事，我不清楚……」

韓夫人說到這裏，很是神傷，白素向她靠了一靠，表示安慰。看來，她準備繼續她的故事，我們自然也不方便打斷她的敘述。而且，她的敘述，也間接涉及白老大——從袍哥有事來求我們，忽然又和白老大當年的隱秘生活有關連，這一點是我們事先絕想不到的，世事變幻之奇，於此也可見一斑。

韓夫人吸了一口氣：「那時，我還坐在先父的膝頭上，小女孩的話，令人很尷尬——」

小女孩的話，確然令那五個袍哥的首領十分尷尬，但這時，袍哥由於吃了虧，上下都想也令白老大受到同樣的難堪，很想把他在四川境內截下來，羞辱一番，以出那口惡氣。所以，成千上萬的袍哥，都在留意白老大的下落。

偏偏白老大又行蹤飄忽，如神龍見首一樣。竟有幾次，傳他在相隔幾百里的地方，同時出現的，所以，後來，白老大在和袍哥冰釋前嫌之後，袍哥中人，有些以「白神仙」稱他的，這是後話了。

那五個之中老成的一個，不好直接問大帥「令千金在何處」，只好向小女孩問：「小妹妹，你姐姐在哪裏啊？這是你姐姐給的，一定是那姓白的給你姐姐的了？」

袍哥首領，急於想知道白老大的下落，行為自然也出了格，大帥和袍哥的關係再好，也不能容忍人家盤問他的小女兒。

當下，大帥面色一沉：「這算什麼，她小孩子家，又懂得什麼？」

此言一出，五個袍哥首領，知道大帥動了氣，立時又後退一步，大帥又道：「這種銅盒子，苗子多的是，盒中的小蟲，也不見得只有一隻。」

大帥的意思很明白：別見了風就是雨，小孩子手中的物事，未必和姓白的有關。

那五個人自然不敢再說什麼，可是小女孩卻又道：「這蟲子，帶來的人說，世上無雙，是一群會使蠱的苗子的寶貝，留着，說不定什麼時候，很有用的。」

這幾句話一出，滿堂的人，又靜了下來。

雖然由一個小女孩的口中說出來，可是「會使蠱的苗子」這句話，還是令得人心頭慄然，那自然是由於人人都知道那是怎麼一回事的緣故。

那五個袍哥領袖，也是只見白老大取出這蟲子來過，並不知道牠的來歷，這時一聽，竟和蠱苗有關，也不禁臉上變色——袍哥的勢力再大，對於有辦法殺人於無形的蠱苗，還是招惹不起的。而如果白老大竟然和蠱苗有關的話，那豈不是糟糕之極。

大帥在這時又斥道：「小孩子知道什麼是蠱？」

小女孩撒起嬌來：「我不知道，我問了捎蟲來給我的人，他也說不明白，爹，什麼是蠱？」

大帥也不免啼笑皆非，放下了小女孩：「去，去，自顧自去玩耍。」

小女孩立時有女傭帶走，大帥沉聲吩咐了一句：「找帶這東西來的人，看看他，我和這五位，有話要問。」

大帥的吩咐，自然有人承諾，大帥也算是給足了那五個袍哥大爺的面子，當然，其實大帥也很想知道，自己的寶貝大女兒，究竟在什麼地方。

找到了那個帶東西來的人，一問，才知道他從川滇交界處一個叫芭蕉灘的小地方來的，那小鎮在金沙江上，那人也是做販賣金子生意的，——當一隊士兵把他從客棧找出來的時候，把他嚇了個半死。

找那金販子的事，韓夫人是不知道的，我們是後來又找到了一些人才問出來的，但不妨先在這裏敘述一下，因為時間很接近的緣故——從芭蕉灘到成都，直線距離不足兩百公里，可是「蜀道之難，難於上青天」，金販子足足走了二十六天，所以，那是離韓夫人五歲生日不到一個月之前的事。

算起來，那時候，是在白奇偉出世前一年，白素出生前三年的事。而我們又是在見了韓夫人之後又若干年，才找到了有關人等知道經過情形的。照說，那麼多年的事了，當事人一定有點記憶模糊了吧？但事實並非如此，正如何先達所說：「當年發生的事實在太精彩了，有幸參與的人，就算像我一樣，只是躲在桌子下偷看，也會感到驚心動魄，是一生之中，最最難忘，又再無機會重逢的盛事。」——所以，一些人都印象深刻，連一些微末的細節——都可以記得起來。

卻說當時，那個金販子在重兵押擁之下，進了大帥府，不知是吉是凶，直到進了偏廳，看到大帥和幾個氣派非凡的人，正躺在榻上，吞雲吐霧，旁邊還有幾個花旦在清唱，這才知道泰半會沒有什麼，而鬆了一口氣。還是袍哥首領之中那個看來老成的人先開口，這位老大一開口，就是一連串流利之極的袍哥切口，這金販子也是江湖上走慣了的人，而且本身也在哥老會中，所以一聽就明白，誠惶誠恐行了禮，既然都是自己人，就容易說話了。

那袍哥領袖道：「我們在找一個人，這人大鬧哥老會，是一個下江漢子，那載着小蟲的盒子，應該是他的，你知從何處得來的？」

金販子一聽，就「啊」地一聲：「你們要找的是一個高大英挺，天神一樣的漢子。嘿，這漢子，真叫人看了就心服。」

一個脾氣暴躁的袍哥領袖喝：「哪有這麼多囉嗦，問你什麼就說什麼。」

金販子忙道：「是。是。是。」

他一面答應，一面還在自己的臉上拍打着，表示自己的多口。

大帥這時才問：「你也見到……大小姐了？」

金販子突然一驚，一時之間，張大了口，合不攏來，過了好一會，才用力一頓足，又犯了多口的毛病：「唉，我怎麼會想不到。當然是大帥府的大小姐，不然，四川就算是天府之國，也難見這樣標致妹子。」

由於金販子是在稱讚大帥的女兒，所以這次沒有受到責斥，但由於最後他的話中，語氣不是很尊重，惹得大帥沉下臉來，哼了一聲，嚇得他又重重打了自己一個耳光。

這時，事情已經很明白了，這金販子見過白老大，也見過大帥的那個反叛大小姐。

於是，金販子就被要求「詳細說來」，金販子也就抖擻精神，把經過情形說了個生動萬分，至於其中是不是有加油添醋，或歪曲事實之處，那是決計無法查考的了。

金販子和他的伙伴沿着金沙江在趕路。金販子大多數沿金沙江來回，收購採金客身上的金子，帶回大城市去，從中取利，都是些跑慣江湖的人物，所以在趕路的時候，突然聽到身後有一陣急驟的蹄聲傳來，他們只是向路邊靠了靠，決不會有任何人多事，回頭去望上一眼的。

兩匹駿馬，不急不徐，並轡馳來，那兩匹是典型的川馬，身形不高，才一入眼，金販子全是長年跋涉江湖的人，對牲口自然都有認識，所以明知不應多口，也還是有幾個人叫了一聲：「好馬。」

那確然是兩匹好馬，都是青花驄，鐵青的馬身，油光水滑，神駿非凡，跑得不急不徐，韁繩鬆弛，可知騎者並沒有對馬加以控制，全是馬兒自己在跑，卻又恰好符合主人的意思。

馬不但矯健，而且到了能心領神會馬背上人的心意時，那才叫真正好馬。

這一下喝彩，引得馬上的一男一女，都轉過頭來，向他們望了過來。

那一伙金販子，本來就已經放慢了腳步，這時，馬上的人，一轉過頭來，他們就像是突然之間遭了雷殛一樣，被釘在地上，一動也不能動。

那一男一女兩人，身上的衣服，都再普通不過，除了看起來十分整潔之外，並無特別，可是那男的氣勢懾人，不怒而威，但卻又叫人感到他有一股極大的正義力量，自然而然對他生出敬意。那女的年紀很輕，最多二十二三歲，美目流盼，雙頰微紅，握住了韁繩的手，瑩白如玉，竟是一個絕色的美人。

那一男一女回過頭來的用意，只不過是由於人家讚了一聲「好馬」而點頭示意。可是那一干金販子，卻個個呆若木雞，看傻了眼。

一男一女見了這等情形，相視一笑，又轉回頭去，繼續前進。那一干金販子兀自失魂落魄，一雙男女在馳出了十來丈之後，卻又折了回來，來到了仍然未曾移動過的那伙金販子的身前，男的還在馬上，女的翩然下馬，向他們走了過去。

刹那之間，看那伙人的神情，可以知道他們個個天旋地轉，要互相扶持才能站得穩當。

那女的到了各人身前，輕啟朱唇，發出來的聲音，自然也動聽之極，她問：「有到成都去的沒有？」

其中一個金販子福至心靈，他本來不到成都的，可是在別人還沒有定過神來之際，他就先道：「我，我到成都。」

他本來不是到成都的，但是卻搶着說了，那女子向他嫣然一笑：「有一樣東西，想託大哥帶到成都去。」

女子說着，向馬上的男人望了一眼，男人點了點頭，女子就在身邊，取出了一隻布包來。那布包看來並不起眼，可是女子接下來的一番話，卻令得那干金販子又驚又喜，有幾個，甚至把不住發起抖來。女子的話，其實也很簡單，她只是把盒子打開了，把那翠綠小蟲的來歷，說了一下。

四川接近雲貴，金販子們自然知道蠱苗是怎麼一回事，身邊帶了這東西，不論遇上了多麼兇悍的土匪，一亮相，土匪非鞠躬而退不可，這一趟旅途，可以說是萬無一失的了。

那女子又吩咐：「到了成都，最好在一個月之內，送進去給一個過五歲生日的小女孩，說這是她姐姐特地給她找來的生日禮物，別看是一隻小蟲，用處大着啦。」

女子說到這裏，又向馬上男子望了一眼，問：「要不要告訴妹子，這小蟲原是你的。」

那男人笑了起來，笑得豪爽之極：「不必了吧。」

女子又轉回身來，取出一疊銀洋，那金販子卻死活也不肯收，那女子也不再堅持，道了謝，翻身上馬，和那男子，又並轡馳去了。

那金販子在大帥府的偏廳中，說到這裏，就住了口。一個哥老會的大老問：「他們到哪裏去了？」那金販子道：「看他們的去向，像是出四川，奔雲貴去了。」

五個領袖都不由自主鬆了一口氣，那金販子口中那個氣勢非凡的男人，當然就是白老大，白老大若是離開了四川，那他們面子上至少交代得過去了，而且可以吹擂成白老大畢竟不敢再在四川逗留，就更有面子了。

大帥噴出了一口濃煙，十分生氣：「孤男寡女，成何體統。」

那金販子十分愛多口——要不然，他也不會在一伙人之中，最早應大小姐的話了，他一聽大帥這樣說，竟然走前一步，笑着道：「大帥，那漢子英氣勃勃，一表非凡，你老沒見，見了一定喜歡，大小姐的眼光怎會差。能有這樣的女婿，那是乘龍——」

他一番議論，並沒有能充分發揮到底，因為大帥已重重一掌，拍在煙榻之上，大喝一聲：「你有完沒有？」

大帥的威嚴，又非同凡響，嚇得他連退三步，又掌摑了自己兩下相當重的，可是本性難移，還是咕噥了一句：「是實在的嘛。」

這一下，逗得所有人都笑了起來——白老大有這樣的知己，他可能還不知道哩。

打發了金販子之後，五個哥老會的大老一商量，覺得還是要派人去看一看。大帥遲疑了一下，又吩咐：「派出去的人，若是見到了小女，對她說，回來，我不再逼她嫁那人便是。」

五個人也接着告辭離去，不過，做父親的雖然終於屈服，但是倔強的大小姐，卻並沒有回去，而且從此下落不明，再也沒有出現過，直到韓夫人找上門來。

而韓夫人找上了我和白素，實在也容易明白：白老大曾和大小姐在一起，而且大有可能，連袂進入苗疆這一件事，他們並不知道。

何先達曾對白素是白老大的女兒，一點也不驚異，他也只知道白老大曾出現過，不知道曾和大小姐有關。

第十二部

救命之恩難以言報

而我們知道了這一段經歷，是由一位當時在大帥府偏廳之中的那五個哥老會大老之一，告訴我們的。這位大老在向我們說起這段經過時，已屆百歲高齡，可是身體壯健之極，聲若洪鐘，講話之時，「助語詞」極多，諸如「格老子」、「龜兒子」、「先人扳扳」之類，不絕於口。

而且，説到激動處，拍桌頓腳，十分大動作，很是有趣。他本人倒罷了，他有兩個兒子，都是國際一級的出名人物，非同小可，所以他千叮萬囑，不讓我公開提他的名字，理由是：「娃子不知道他們老子是幹什麼出身的，格老子。」

我和白素，也有意拉攏他和白老大見見面，也想在他們的見面過程之中，多探明一些消息，可是他一聽，雙手就搖：「別了，別了。我再也不想見他……這人簡直不是人，唉，我認了，見了他怕，別讓我再見他。」

我真想把這一番話傳給白老大，那簡直是對他的最佳稱讚，但是白素卻道：「算了，事情和那三年隱秘有關，他才不會願聽。你可曾聽他説過有關哥老會的事？他不説，就是不想憶起那隱秘的三年。」

我嘆了一聲，聽從了白素的意見。

卻說當下韓夫人說完，目光殷切，向我望來。

事情的前後次序，十分重要。那時候，我們如果確實知道了白老大和大小姐曾有這樣密切的關係，我們自然會有不同的決定。

（連大帥也拍榻罵「孤男寡女，成何體統」，可知兩人之間，又何止相識而已。）

而在當時，我們只是知悉白老大見過韓夫人的姐姐——不然，那小蟲不會到了大小姐的手中，再交到韓夫人的手上。

所以，我並沒有和韓夫人一起進入苗疆的意思，我避開了韓夫人十分殷切盼望的眼光，嘆了一聲：「要到苗疆去找一個人，談何容易啊。」

這樣說，自然是有感而發的，白素立時有了同感，她也低嘆了一聲。可是何先達和韓夫人自然不明白，何先達還說了一句：「所以，才腆顏請衛先生相助。」

何先達的話，說得客氣之極，也證明他們真的想我出手幫助。可是我在想了一想之後，還是道：「兩位，不是我一再推辭，而是我實在沒有必要走這一遭——有這小蟲在手，苗疆之行，必可暢行無阻，就算是再不通世事的生苗，也知道什麼是蠱，根本不需要蠱苗再派人保護同行。」

我說這番話的時候，是望着何先達說的，何先達是江湖漢子，自然知道我這番話通情達理之至。

看何先達的神情，分明也認為我的話很對，可是他斜眼看着韓夫人，神情相當為難。這說明要我到苗疆去，是韓夫人的主意。

我向韓夫人望去，只見她和白素互握着手，神情仍然十分緊張。我又搖了搖頭：「韓夫人，若是你真想有蠱苗隨行，也不必我去，我把如何可以到達蠱苗所在處的路線，詳細告訴你，你們必然可以找到他們的。」

我這樣說了之後，韓夫人有些意動，我又道：「事實上，你們進了苗疆之後，只要在有苗人之處，把這隻銅盒亮亮相，根本不必打開盒蓋來，就必然不出三日，必然有蠱苗向你們接頭，到時，提我的名字，提猛哥的名字，就一路順利了。」

韓夫人十分用心地聽着，現出了相當放心的神情。白素在這時候，忽然向我使了一個眼色，又向樓梯望了一下。我知道她的意思是，叫我上樓去，有事要和我商量。

就這樣留客人在樓下，自己到樓上去商量事情，自然不是很有禮貌的行為，但白素既然有此表示，一定有她的道理——她絕不是行事不知輕重的人。

所以我向韓夫人和何先達明話明說：「兩位請稍等，我和內人有點事商議。」

白素也現出十分抱歉的笑容，我們兩人身形一閃，就並肩竄上了樓梯。

我們並無意賣弄，只是心急上樓而已，在我們的背後，傳來了何先達的一下喝彩聲：「好身手。」

上了樓，進了書房，一關上門，白素就緊靠在我的身上，低聲道：「我很……緊張……心緒說不出的紊亂。」

我再也想不到白素會這樣說，自然莫名其妙，問她：「你緊張？緊張什麼？」

白素深深吸了一口氣：「爹認識韓夫人的姐姐，那小蟲如此珍貴，爹都肯給人。」

我想了一想，笑了起來：「或許只是大家都在客途之中，見過一面，令尊一時興起，把東西給了人家？」

（後來，事實證明白素的「緊張」十分有理，那是她的一種第六感，而我的說法是錯誤的。可是，過往的事實是一點一滴發掘出來的，當時只憑一隻小蟲的授受，實在無法作任何猜測的。）

白素的神情十分疑惑，欲語又止，顯然是她有些話，不知道如何說才好——她自己的解釋是：恍恍惚惚想到了些東西，可是又捕捉不到任何中心。在這樣的情形之下，自然想說些什麼，也不知道如何說才好了。

她終於嘆了一聲：「我和韓夫人，倒是一見如故。」

我道：「我看她也有同感，她大不了你幾歲，也怪，連她什麼名字都不知道，她父親倒是一名虎將，赫赫有名，而且十分忠義，結果失敗，也是失敗在太講道義。」

那位陳大帥的事迹，在近代史上相當出名，我和白素那樣說的時候，離大帥被人叛變，死於非命，也不過只是二三十年，白素和我，都知道經過——經過相當曲折離奇，也很動人，是大好的小說題材，但自然不在這個故事的範圍之內。

白素忽然又道：「我……想陪他們一起到苗疆去，你看可好？」

我聽了之後，自然反對，可是我也知道，白素有這樣的念頭，不單是為了陪韓夫人，也為了她自己——她一直想到苗疆去找那個倮倮人的末代烈火女，這個烈火女，有可能是她的母親。所以，我在想，如何把我不同意的意見，委婉地表達出來。白素又道：「他們到苗疆去找人，必然足迹遍及苗疆，我跟着出去……找……」

我嘆了一聲：「你趁機去找烈火女，是不是？素，你不知道苗疆千山萬壑，幅員廣大，無根無據，想去找人，那比大海撈針更難。」

白素俯下頭去，低聲道：「人家為了找姐姐，都可以不顧一切，我……要找的是……母親。」

我把她抱得緊了些：「情形不同，素，你還有父親的這一層干係在——只要你父親肯開金口，你根本不必去萬里尋親！」

白素眉心打結，看得出她愁腸百轉，不知如何才好。

我道：「下樓去吧，冷落旁人太久了不好！」

白素仍然有十分為難的神情，我再勸她：「你如果執意要到苗疆去，令尊必然知你的目的是什麼，只怕血濺小書房的情景會重現！」

白素吸了一口氣，俏臉煞白，看來她已放棄了要到苗疆去的念頭了。我們打開門，才一到樓梯口，就呆了一呆，只見老蔡在收拾茶具，何先達、韓夫人和那四個隨從，已不知去向，那四隻小漆盒，卻還放在几上。

我急忙衝下樓去，老蔡若無其事地道：「走了。全都走了。」

我頓足：「你怎麼不留他們。」

老蔡一瞪眼：「腳全都長在他們自己身上，他們要走，我怎麼留得住？還留下了字句，請看。」

老蔡向茶几上指了一指，我和白素立時看到，茶几上有幾行字刻着，也不知道是用什麼刻的，多半是十分鋒利的小刀，刻的是：「荷蒙指點，不勝感激，不辭而別，當能見諒。四包小禮，敬請笑納。若是後緣，定當聆教。」

我和白素互望，自然知道，對方離去，是由於我們上樓太久了，怠慢了客人的緣故。可是，客人又怎知道我們自己也有重重的心事？

我當下就十分不高興：「打聽一下這個三堂主究竟是什麼來路，把這幾件東西給他送回去。」

白素嘆了一聲，收起了那幾件東西——自此之後，很久很久，都沒有何先達和韓夫人的訊息。而且奇的是，打聽的結果是，竟然都不知道哥老會之中，有一個姓韓的「三堂主」，只有一個姓韓的堂主，在川東一帶活動，年事已老，久不理事，當然不可能是韓夫人的丈夫。

所以，整件事，竟然又成了一個謎。

當時我們的心情還是十分興奮的，因為至少又知道了一些白老大進入苗疆之前的活動，所以立刻找到了白奇偉，把情形說了一遍，白奇偉拍着桌子：「難怪哥老會一直不是很和我們合作，原來當年老頭子，還有這樣一段過節——奇怪，他為什麼從來也不提起？」

白素沉聲道：「這還用說嗎，自然是為了要掩飾那三年的日子了。」

我和白奇偉都同意白素的話，可是也十分疑惑：「大鬧哥老會，和那三年隱秘，又有什麼關係？」

這個問題，自然得不到解答，我道：「放心，這件事，對他老人家來說，一定是十分得意的往事，有機會引他說——人對於生平得意的事，總會想說出來給別人聽聽的，他老人家也不能例外。」

白奇偉悶哼一聲：「難說，他老——」

他說到這裏，陡然住了口，現出不好意思的神情，我和白素都知道他必然是想口出不遜，說了一個「老」字，就知道不該說，所以才突然住了口。

我卻接了上去：「老奸巨滑這幾個字，倒也確切。」

白奇偉和我一起大笑，白素嗔道：「你們兩個想死了。這樣對長輩不敬。」

自那天之後，我一直在尋找白老大自己炫耀當年勇武事迹的機會——要找這種機會，並不困難，大約在半年之後，白老大的兩個生死之交、我、白素、白奇偉在一起，已是酒酣耳熱，大家都興致十分高，我有意把話題轉入以寡敵眾上去。

白老大也興致勃勃。我道：「前些日子，才聽說四川的哥老會，當年有一件糗事，曾有一個來歷不明的漢子，大鬧哥老會總堂，那麼人才濟濟的哥老會，竟未能把來人收拾下來，竟連來人是什麼人都不知道。」

我一說，白素和白奇偉就會意，齊聲道：「有這樣的事？只怕是誤傳吧。」

白老大笑而不語，他兩個老朋友，卻一起伸手指着他，向我道：「什麼來歷不明的漢子，就是令尊！」

我假裝大吃一驚：「有這等事，怎麼從來未聽說過？據知，在總堂之上，連場惡戰，驚心動魄之極，最後袍哥群起而攻？」

白老大喝了一口酒，緩緩點了點頭，長嘆一聲：「那時年紀輕，簡直不知死活。是的，到後來，袍哥十大高手，雖然被我一一擊敗，但又群起而攻，我力戰得脱——」

他說到這裏，現出了極度沉思的神情：「……我雖然得以脱身，但是受了極重的內傷，奄奄一息，袍哥又到處在找我，真是兇險之極。」

白素聽到這裏，忍不住叫了一聲：「爹。」

我們都不知道還有這等曲折在，也不禁呆了一呆。

白老大對我們的反應，都無動於中，只是自顧自出神，緩緩地喝着酒，過了一會，看他的神情，已完全沉醉在往事之中了，我、白素和白奇偉三人，心中暗喜，連大氣也不敢出，唯恐打擾了他。同時，也打手勢，請那兩位也別出聲。

過了好一會，才見白老大陡然吁了一口氣：「好險！唉！當時若不行險着，怎麼脱得了身。最後，硬接了那大麻子三掌，簡直將我五臟六腑，一起震碎，當時，七竅之中全是血腥味，那血竟然沒有當場噴出來，還能長笑着離開，後來想起來，連自己都不相信。」

這一番憶述，可見白老大當年在哥老會總堂之中，獨戰群豪的戰況之慘烈，聽得各人面面相覷。

白老大在自己的大腿上輕拍了一下：「大麻子的三掌雖然絕不留情，可是他倒也是一條漢子，説好了的話，絕不反悔，保我出了總堂，這……一口鮮血，竟然忍到了江邊，才噴了出來，我只看到自己的血噴到了江水之中，化作了一團鮮紅，接着，頭重腳輕，再也站立不穩，便一頭栽進了江水之中。」

我們幾個人屏住了氣息，一來是由於白老大説的經歷十分驚險，以前絕未聽説過。二來，這段經歷和他那三年的隱秘生活有關，是以也格外驚心。

白老大身子向後仰，斜靠在安樂椅上，抬頭向上，可是視線不定，顯然此際，往事在他的眼前，一幕一幕地閃過去。

白老大說得更慢，而且每說上兩個字，就喝上一口酒，是以所說的話，聽來也斷斷續續，若不是用心聽，根本聽不懂。

他說的是：「當時，跌進江中時，腦子裏還是一片清明，知道自己這一次，性命難保，過往的一些經歷，都一閃而過，想到的只是：若要為自己立一個墓碑，竟不知刻什麼字才好——人到臨死，想的竟然是這樣的無聊事，不是曾幾乎死過的人，真是不知道的。」

我們都知道，白老大結果並沒有死，可是聽得他的敘述，也不禁駭然。白素好幾次要出聲，都給我阻止，甚至用手遮住了她的口，唯恐她出聲。

因為，這時白老大的情形，由於沉緬往事，精神已進入了一種半自我催眠的狀態之中。看起來，像是他在向我們陳述往事，但實際上，他只是在追憶往事的過程中，在不自覺地自言自語。

只要他精神狀態不變，我們就可以知道他過往的更多秘密，若是白素一出聲，使他清醒了過來，那就再也沒有故事可聽了。

白老大停了片刻之後，才大是感嘆：「真想不到，在這種情形下，還會絕處逢生，這救命之恩，竟然在醒過來之後，無法言報。哈，哈。哈哈……」

白老大那幾句話，絕不是說得不清不楚，而是說得字字入耳，最後那幾下笑聲，更是笑得十分歡暢，而且，現出一種十分歡暢，十分欣慰，又十分甜蜜的神情。

自我認識白老大以來，只見他虎目含威的時候多，而歡容則全是縱情豪笑，像這種神情，卻是少見，那分明是他的心中，想到了一些極值得喜悅的事，如今回想起來，那種心頭甜蜜的感覺猶存。

可是，什麼事令他喜悅，他卻未曾說出來——或者說，他講出來了，可是我們未曾聽懂。

他說了，在九死一生的關頭，有人救了他。當時他必然昏死了過去，所以他才說「醒過來之後」。可是何以醒過來之後，竟然「無法言報」呢？救命之恩，在什麼樣的情形下，會「無法言報」？更莫名其妙的是，救命之德無法言報，有什麼值得高興的？他何以接下來，竟然笑得這樣的歡暢？

大家都想聽他接下來怎麼說，可是他卻神情悠然，像是中了魔一樣，笑容在他的臉上漸漸展開，到後來，滿面笑容，叫人看了，也受他的感染，想和他一起，享受他心中的愉快，也自然而然，有了笑容。

這時的情形，十分奇特——先是白老大自己，由於追憶往事，而進入了自我催眠的狀態之中，可是他的精神力量十分強大，我們又全神貫注，在聽他陳述，所以精神狀態也受了他的感染，他笑，我們也跟着笑，而且真正也可以間接感到他的快樂。

那時，白老大雖然一個字也沒有說過，只是把他心中的快樂，化為笑意，展示在臉上，可是事後，我們三個人意見一致，意見可以以白素的一番話作為代表。她道：「我可以肯定，爹在獲救之後的……一段日子，過得快樂之至，那可能是他一生之中最快樂的日子，我完全可以感受到那種非常的快樂！」

那時，白老大不說話，只是甜甜地笑，也不出聲。白素和白奇偉，可能由於是他的兒女之故，受他的感染自然也較深，也跟着笑。我向他兩個老朋友看去，投以疑惑的眼神。那兩個老朋友搖了搖頭，也不知道白老大何以笑得如此發自內心。

這種情形，維持了竟然有將近五分鐘之多，這就令得氣氛變得有點詭異了——想像回憶之中，時間過得很快，夢了一生經歷，黃粱未熟，五分鐘之久，可以回想不知多少往事了。

我有點不知怎麼才好，這時，他兩個老朋友也有點忍不住了，齊聲道：「老大，瞧你樂成這樣，什麼事叫你那麼高興？」

他們兩人，在這樣問的時候，語意之中，也充滿了笑意。經他們一問，白老大笑出了聲來，他呵呵地笑着，一面用手拍着大腿，人人都可以看出，他想到的賞心樂事，是如何值得高興。

這時，白奇偉也開了口，我想，他和白素，在那時都忘記了要探聽父親的秘密，而是溶入了父親的歡樂之中。白奇偉一面笑一面問：「那救命恩人——」

他才說了半句——後來，白奇偉說，他原來是想問：「那救命恩人何以令你無法言報？」

、因為白老大的歡愉，是接着那一句不易明白的話而來的，白奇偉這樣問，也十分應該。不過他是不是全句話問出口，都不重要了，因為他才說了五個字，眼前的情形，就有了變化，這也是令得白奇偉突然住口的原因。

變化是什麼呢？是白老大充滿生機和歡愉的笑容，忽然僵凝了。

這變化是突如其來的，而且來得快速無比，突然之間，根本沒有別的詞句可以形容，看到了變化之後，心中立時想到的是：笑容死了。

笑容本來難以和生或死發生關係，但原來白老大笑得實在太歡暢，太生機蓬勃了，所以一下子叫人想到了生和死。

死了「僵凝」的笑容，當真是難看之極，古怪莫名，詭異絕倫，我們幾個人，都瞪大了眼望着他，心頭怦怦亂跳，一時之間，不知如何才好。

白老大的神情，這時，又開始進一步的變化——人類臉部的肌肉組織，是生物的奇蹟，竟然可以那麼完整地藉着肌肉的活動收縮或擴張，就把人內心的七情六慾，喜怒哀樂展示出來。

白老大的神情，漸漸變得哀切，這其間的轉變過程，大約在一分鐘之間就完成。各人自然同樣受了感染，一樣地感到心如壓了重鉛，天愁地慘。人人皆知白老大在回憶之中，一定有了十分悲慘的事，可是卻又不知是什麼。

白素和白奇偉盯着他們父親，一副六神無主的樣子，白老大並不開口，只是緩緩閉上眼睛，在他閉上眼睛之後，清清楚楚，有兩行清淚，自他眼中流了出來。

由此可知，他在那時候想到的事，令得他傷心至於極點。白素到了這時候，再也忍不住，嬌聲道：「爹，有什麼傷心事，別悶在心裏，對自己親人說說，說出來，心中會好過些。」

白老大的身子，突然震動了一下，可是他似乎卻又不是為了白素的話而震動。他說得十分慢，又不像是對自己在說話，總之，情形怪異得難以形容。只聽得他慢慢地道：「我說過什麼來着？寧願上刀山，下油鍋，去探索十八層地獄的秘密，寧願潛龍潭，進虎穴去探險，也別去探索人心。」

他忽然之間，說起那樣的話來，聽得人面面相覷，有點不知所云。

白老大卻在繼續着：「世上再也沒有比人心更兇險的了，要探索人心，也就比任何的探險行為更加兇險。」

各人仍然不明白他何以忽然之間有了這樣的議論，都想他再說下去。

可是他卻再也沒有說什麼，而且，神情也漸漸變得平靜，等了一會，竟然發出了鼾聲來，看來是酒意湧了上來，竟然真的睡着了。

白素輕輕地在白老大手中取下了酒杯。各人都不出聲。

第十三部

美人救英雄情節
雖老套風光卻旖旎

我首先打破沉寂，我壓低了聲音，問白老大的兩個老朋友：「兩位可知道他這段經歷？」

那兩人異口同聲地道：「我們只知道他當年大鬧哥老會，全身而退，絕不知道他受了重傷，也不知道是什麼人救了他。」

我只好苦笑，因為這兩個老朋友，和白老大交情匪淺，若是他們也不知道，那別人就更不知道了。

我們三個人商量，等白老大醒了，該怎麼樣。白素苦笑：「還能怎麼樣，爹自然推得一乾二淨。」

不出白素所料，第二天，白老大若無其事，見了我們，伸了一個懶腰：「昨晚竟不勝酒力，在椅子上就睡着了。真是。」

我大着膽子，笑着說了一句：「酒後吐真言，你可道出了不少秘密。」

白老大呵呵笑着，伸手作要砍我的脖子狀：「敢在我面前嘮叨半個字，管叫你脖子折斷。」

我吐了吐舌頭，自己識趣，自然再也沒有在他面前嘮叨過。

不過，我們三個人還是討論過的，都一致認為，關鍵人物是白老大的那個救命恩人。

可是這個神秘的救命恩人究竟是什麼人，卻一點頭緒也沒有。只是可想而知，必然是一個絕世高人，不然，怎能在這樣兇險的情形之下救了白老大，而且還令白老大興「無以為報」之嘆？可見這個絕世高人，神龍見首不見尾，行蹤也是十分神秘的。

我們當時所獲得的資料甚少，當然只能作這樣的推測。直到後來，知道白老大居然曾和陳大帥的女兒並轡進入苗疆，那自然另有一番推測了。

卻說當時，非但不得要領，而且有了新的疑問。新疑問是我提出來的：「老人家在回憶往事的過程之中，忽然大是感慨，發了一通議論，是關於人心險惡的，這究竟是怎麼一回事？」

白奇偉在這件事上，一直對父親十分不滿（看來男孩子急於知道自己的母親是誰的心情，焦切程度尤在女孩子之上），所以他一聽，就「哼」了一聲：「誰知道，老頭子自己不說，誰知道他心中藏了些什麼秘密。」

白素的態度，和她哥哥不同，她認真地想了一想，才道：「看來，像是有人出賣了他，做了一些對不起他的事，所以他才會有這樣的感嘆。」

我道：「一般來説，應該是這樣。可是他重傷在江邊，是人家救了他，不是他有恩於人，那救了他的人，沒有理由先救他後害他的。」

白素「嗯」了一聲，很同意我的分析，可是她又想不出別的原因來，所以秀眉緊蹙，我伸手在她的眉心中輕撫了一下，又道：「他所指的，也不可能是哥老會中的人，因為如果袍哥對他做過喪心病狂的事，他後來也不可能和袍哥冰釋前嫌了。」

白素又點了點頭，白奇偉再悶哼一聲：「袍哥大爺也算是這樣了，給他這樣大鬧一場，結果還會言歸於好。」

我們知道白老大當年大鬧哥老會的這件事，可是對於整件事的經過卻不知道，曾目擊的何先達又不告而別（可能是為了報復我不肯陪他們到苗疆去），無法得知詳情，那實在是令人十分難熬的事，我連嘆了三聲，才道：「江湖豪傑，動手歸動手，但是心中還是互相尊重對方的，容易言歸於好。」

白素趁機望着我和白奇偉：「你們兩人還不是打成的相識！」

那時，我和白素結婚不久，和白奇偉從生死相拚到關係大好，也還是不久之前的事，所以白素才會特地提出來。我伸了伸舌頭：「豈止是打出來的交情，白公子曾三番四次要我的性命哩。」

白奇偉一瞪眼：「陳年往事，提來作甚。」

由白老大的那一番感嘆而引起的討論，就到此為止，所得並不太多，只知道白老大在江邊傷重垂危，被一個神秘人物救活了而已。這種事，在江湖上行走，人人都有機會遇到，似乎並不值得詳細追究。

可是，白老大竟和陳大小姐在一起，白老大且把蠱苗的寶蟲隨手給了大小姐。當大小姐小妹妹的五歲生日禮，在知道了這件事之後，就大大值得追查下去了。

首先，我和白素算了一算，金販子在金沙江邊見到白老大和陳大小姐之時，距離白老大扶傷闖出哥老會總舵，一定不會太久。因為蠱苗的寶蟲，在生日宴上一亮出來，就立時引起了五位袍哥大爺的注意。

這一來，事情就變得十分可疑了——照白老大所說，他傷得極重，且是內傷。這樣的傷，就算有極好的靈丹妙藥，也至少得調養二三十天，才能復元。

如果白老大傷勢未癒，他似乎不應該有那麼好的心情，陪伴美人，並騎西行。

可是時間又確然是在他傷後不久的事，那麼，情形就只有一個可能，白老大的救命恩人，就是大帥府的大小姐。

當我把這一點提出來的時候，白素把頭搖得和博浪鼓一樣——那天她恰好戴了一副長長的珍珠耳環，所以使勁搖頭的模樣，格外可愛。

她一面搖頭，一面道：「你想到哪裏去了。你沒聽何先達說，大小姐是念洋書的。」

我堅持自己的看法：「念洋書，至少也得十幾歲之後的事，她的少女時期，必然是在帥府中度過的，她的妹妹就說是姐姐撫養她長大的。」

白素皺着眉：「奇怪，帥府之中，僕傭厮養成群，怎會有勞動大小姐來撫養二小姐之理？」

我的理解是：「那自然是姐姐十分關切妹妹之故，小女孩記憶模糊，可是印象又十分深刻，所以才誇張地感到自己是由姐姐撫養成人的了。」

白素沉默了片刻，才道：「那也不能引申為大小姐就是爹的救命恩人——她一個女孩子家，爹是江湖大豪，又受了重傷，怎麼相救？」

我一翻眼：「你就不讓大小姐也有一身絕世的武功，再加有妙手回春的神醫絕技？」

白素撇了撇嘴：「你的想像力真豐富，剛才還說她在大帥府長大，上哪兒學絕世武功去？」

我一拍桌子：「就是由於她自小在帥府中長大，才有學武功的機會，陳將軍手握重兵，權傾一方，又性好結交江湖豪傑，他自己就有一身的武藝，四川的武風甚盛，高手極多，單是袍哥之中，就不知道有多少武林高手隱伏着，說不定大小姐小時候，遇上了隱藏在大帥府中的高手，自小就習武，你可知道四川土話，稱練武作什麼？」

白素搖頭笑：「不就是叫『操扁掛』嗎？這種大小姐自小遇到高手，操扁掛的故事，好像很耳熟？」

我不理會她話中的諷刺意味，大點其頭：「是，王度廬的《臥虎藏龍》中的玉嬌龍，金庸的《書劍恩仇錄》中的李沅芷，就都有這樣的經歷。」

白素笑得前搖後晃：「好啊，凡事不過三，再加上陳大小姐，就恰好鼎足而三了，陳大小姐的閨名是什麼？」

我搖頭：「不知道，連韓夫人的閨名，我們也沒來得及問——」

我說到這裏，陡然住了口，白素本來一直在笑，認為我的設想太荒誕，沒有可能。可是也就在那一剎間，她突然止住了笑，也向我望來，我們兩人都不出聲，但也都知道對方突然之間，想到了什麼。

過了一會，白素才道：「別……別開玩笑。」

我十分認真：「一點不開玩笑，大有可能！」

白素又呆了一會，才又道：「你……你能設想……其間的過程嗎？」

我用力一揮手：「太容易了。先肯定陳大小姐身懷絕技，是一個真人不露相的高人，在江邊，恰好救了身負重傷的令尊，自然悉心救治，直到傷勢痊癒或是半癒，這其中的時間，約莫是十天半個月，或二十天。你想想，一個英雄，一個美人，單獨相處，還會有什麼事發生？別以為小說的情節千篇一律，要知道太陽之下無新事。」

白素默然不語，但是又用十分疑惑的眼神望着我，我為了表示我所說的真是我的設想，不是在開玩笑胡鬧，所以我的神情也十分嚴肅。

我繼續道：「在這段時間之中，他們互相之間的了解程度，必然突飛猛進，大小姐不知為了什麼要到苗疆去，令尊自然陪她一起去——這便是為什麼金販子會在金沙江邊見到他們的原因。」

白素的聲音有些發顫：「到了苗疆之後……又發生了一些什麼事？」

我道：「細節問題無法假設，我只能推測大致的情形。他們兩人既然兩情相悅，在苗疆蠻荒之地，雖然既無父母之命，也無媒妁之言，但是令尊豪氣干雲，大小姐思想新派，似乎也不必拘束於禮法了吧。」

白素神情駭然：「照你的說法，我們兄妹兩人的母親，竟然是帥府的大小姐。」

我的一切推測，都是朝着這個目標進發的，可是等到白素直接地提了出來，我還是呆了一呆，因為這確然是十分令人吃驚的一個結論。我在再想了一遍之後，才道：「太有可能了。」

我不說「大有可能」，而說「太有可能了」，自然是加強語氣之故。白素十分迷惑：「不是說……陽光土司的妻子是倮倮人的烈火女嗎？」

我也想到了這一點，所以我心中同樣迷惑：「這其間一定還有我未曾想通的一些關鍵，不過我想，倮倮人誤傳的可能很大。例如，令尊和大小姐，可能住在烈火女所住的山洞之中，倮倮人不明究竟，就以為令尊是烈火女的丈夫了——這可能性太大了。」

白素半晌不語，我又道：「而且，你們兄妹兩人，怎麼看，也不像一半有倮倮人的血統。」

白素的聲音猶豫之至：「倮倮人又不會在頭上刻着字，可是哥哥卻是留着三撮毛的。」

我道：「那更容易解釋了，入鄉隨俗，滿山都是三撮毛，忽然冒出一個沖天辮來，那多礙眼，對小孩子也不會有好處。」

白素望着我，神情愈來愈是茫然，忽然她握住了我的雙手，道：「我……好害怕。」

我一時之間，不明白她為什麼要害怕，在繼續分析：「只有那樣，令尊才會覺得救命之恩，無由得報，兩人成了至親至愛的夫妻，還有什麼報恩報仇的事？」

白素仍然望着我，欲語又止，我更加覺得我的假設大是合理，又道：「你還記得嗎？你一見到韓夫人，就有十分親切的感覺。她一聽到你是白老大的女兒，便盯着看了你好久，那必然是她也有點知道令尊和她姐姐之間的事。而你感到親切，那更自然了——韓夫人是你的——」

我還沒有說出來，白素一伸手，遮住了我的口。照我的假設，推論下去，韓夫人應該是白素的阿姨。

而當日，韓夫人要我們幫助去找的姐姐，極有可能，是白素的母親。

我們若是早推測到這一點，自然不會拒絕。可是現在，連萬里尋姐的韓夫人，也下落不明了。

一想到這點，我拍案而起：「這就走，我和你一起去找一找。」

白素一聽，雙眼淚花亂轉，聲音哽咽：「不……必去找了。若是倮倮的烈火女，倒還值得去……找……」

我大是訝異：「為什麼？」

白素又重複了一句：「我好害怕，你想想，我母親如果是大帥府的大小姐，有什麼理由爹離開苗疆，她不跟着離開？」

白素當然是早已想到了這一點，所以她才一直在說「害怕」，而我直到這時才明白。仔細一想，我也不禁打了一個寒顫。因為隨便怎麼想，都設想不出白老大離開苗疆。陳大小姐不隨行的理由。

唯一的理由，只有陳大小姐已經離開了人世，香魂長留苗疆了。

由我的推論，又有了這樣的結論，自然不是很愉快的事，所以我和白素兩人都好一會不出聲。

過了一會，我才自然而然搔起頭來，因為在這一段時間，我想到了很多事，覺得不可解的事情，實在太多。我道：「你先別害怕，整件事，不可解的謎團太多了，隨便舉舉，就可以舉出好多。」

白素吸了一口氣：「舉些來聽聽。」

我揚起手來：「令尊和……大小姐一起進入苗疆，何以令尊忽然會搖身一變，變成了陽光土司？」

白素道：「這一點，我們討論過了，一定是爹路見不平，替人排難解紛，本領又大，很容易使倮倮人對他敬佩，奉他為土司。」

我點頭：「就算情形是那樣，陳大小姐呢？她應該名正言順是土司夫人，也受倮倮人的尊敬，何以她像是忽然消失了一樣？」

白素皺着眉頭，顯然這個謎團，她無法解釋。

我又道：「還有，殷大德獲救的時候，你才出世兩天，如果大小姐是你的母親，那麼至少兩天之前，她仍然和令尊在一起的，何以會不露面？」

白素的聲音極低：「這正是我害怕的主因，她……她會不會因為……難產而……死的？」

白素的憂慮，自然不是全無根據。可是我仍然搖頭：「不會那麼簡單——

我只覺得整件事，複雜無比，隱藏着許多許多不為人知的秘密，我敢說，甚至令尊，雖然那是他的經歷，但也示必能了解一切內在的隱秘。」

白素緊皺着眉：「這像話嗎？是他自己的經歷，他怎會不明白？」

我悶哼了一聲：「一個人自己的經歷，絕不會全明白，不明白的太多了。還記得《背叛》這個故事嗎？被背叛的，經歷了幾十年，都不明白為什麼會被背叛。人心太險惡，全然無法了解和明白——」

我說到這裏，陡然住了口，白素也用一種十分奇訝的神情望着我。我是自然而然這樣說下來的，忽然住了口的原因是，我發現自己所說的話，和那次白老大在醉後所發的牢騷，十分接近或甚至相同。

白素自然也由於想到了這一點，所以才用那麼奇怪的眼光望着我的。

也就在那一剎間，我陡然靈光一閃，失聲道：「令尊當年的經歷，他不肯講出來，一定和極複雜的人事關係有關，一定有一個他至親至愛的人，忽然有了完全意想不到的行為，令他感到了悲痛莫名，所以他才把這段經歷，深埋在心中。」

我自以為我已經在茫無頭緒的情形之中，捕捉到了一些什麼，所以才有了這番「偉論」的。可是說了出來之後，白素大是不滿：「這是什麼話，說了等於沒說。」

我先是一怔，但接着想了一想，也確然說了等於沒有說一樣，而我也無法作進一步的發揮，只好長嘆一聲，作為結束。

白素當時說了一句：「單是假設，沒有用處，我們需要知道更多的事實——多聯絡幾個袍哥大爺，或者可以有進一步的資料。」

我搖頭：「不單是袍哥，還要多找當年在苗疆活動的人……可是時易事遷，早已人面全非了，上哪裏去找那麼多的老人家來談往事？」

白素望着我，欲語又止，她雖然沒有說什麼，但是我明白她的意思，所以我道：「當然，最好的方法，是直接去問令尊，但我可不敢再試，只好旁敲側擊，也會有一定的收效，像他身受重傷一事，就是他自己講出來的。」

白素點頭，表示同意——這次的討論結束，過了幾天，把我們的討論，告訴了白奇偉。白奇偉聽了之後，呆了半晌，才道：「你們兩人的想像力真了不起。」

我忙道：「你不同意？」

白奇偉說道：「不。不。我只是說，我竟然找不出破綻來反駁。」

我笑了一下，也不知他這樣說法，是同意還是不同意。不過他也贊成對白老大旁敲側擊。

但是白老大自那次「醉後失言」之後，似乎有意避開我們，行蹤飄忽，全世界到處逛，我們自己也事情很忙，所以見面的機會不多。白老大白奇偉父子，甚至有超過五年沒有見面的紀錄。

在這一段時間——從知道和假設了白老大和陳大小姐之間的關係之後，至少又過了五年，事情才有了突破性的發展。自然，在這五年之中，發生了許多事，有的是和白老大的秘密無關，有的有關，也就是說，點點滴滴，又得到了不少白老大的資料。

其間有一件最大的大事，發生在我和白素的身上。這件事令得我們悲痛莫名，真正達到了痛不欲生的地步，而且，幾乎發瘋。

這件事，也十分怪誕，也正是我一再說過的，由於事情實在太令人悲痛，屬於想也不願再去想，在主觀願望上只當它沒有發生過，叫人產生駝鳥式心理，所以一直沒有在任何情形之下提起過。

自然，最後，還是非提不可的——當時事情發生的時候，曾有一些經過，十分令人莫名其妙，後來倒也一一弄明白了。

唉，絕不是故弄玄虛，這件事可以不提就不願提，可以遲些提，就不願早些提，還是押到推無可推的時候再說吧——單是為了寫下前一段文字，我已經要使自己爛醉三天，以彌補略一提起就產生的傷痛。

好了，先說這段時間之中所得的資料，雖然是一點一滴得來的，但是彙集起來，卻也相當可觀。這些資料，有的是無意中得來，有的是刻意求來的，由於來源不一，得到的時間也不一，自然不必一一敘述，且把它們彙集起來，總的說一說。

最有趣的是，有一次，在一個朋友家聚會，這個朋友是中國金幣和銀幣的收藏者，藏品十分豐富，自然也像所有的收藏者一樣，以給人看他的收藏品為樂。

我對於收集錢幣的興趣不是太大，但也有一點，所以聽得他說起最近得到了幾枚罕有的錢幣，也聽得興趣盎然。這位收藏者把「高潮」放在最後，他提高了聲音，以吸引所有人的注意，他道：「各位，現在說到我所有的收藏品中最珍貴的一枚了，這枚面額拾圓的金幣，未曾在任何記載之中出現過，據知，現存只有一枚了。」

他一面說，一面用十分優美的手勢，打開了一隻盒子，拈出了一枚金幣來。那枚金幣，看起來也沒有什麼特別，圓形，和別的金幣一樣，金子的成色可能十分好，金光閃閃，黃金得到人類的寶愛，自然有它一定的理由。

金幣在客人的手中傳來傳去，看它的人，好像都是外行，只是發出了一般的讚歎聲，使得收藏者十分失望。等到金幣到了我的手中，我拈起來一看，一面，是一面人像穿着軍服和年份，也沒有什麼特別。翻過來一看，是幾個篆字，一看清了那幾個篆字，我不禁「啊」地一聲，本來是坐着的，霍然站了起來，立時向收藏者望去。

收藏者立時現出十分高興的神情：「想不到吧，世上還有這樣的一枚金幣。」

收藏家以為我懂得欣賞這枚金幣的珍貴處，其實他誤會了。確然，想不到，驚奇，這一切，都可以在我的行動和神情上看出來，但是我卻另有原因。

我的驚訝，是來自金幣背後的那一行篆字，那一行字是：「陳天豪督軍六十壽辰紀念幣」。還有一行小字是「川西鑄幣廠敬鑄」。

各位知道我為什麼震驚了吧。那個陳天豪督軍，就是大小姐和韓夫人的父親，那個曾坐擁重兵、雄踞川西的軍閥，也有可能是白素的外公。

第十四部

快樂家庭何以驟變？

盤踞各地的軍閥，自製錢幣的甚多，但是公然鑄「壽辰紀念幣」的，好像只有徐世昌的「仁壽同堂」金幣，用自己的肖像來鑄幣的，有袁世凱、唐繼堯、曹錕、段祺瑞等等，也已經十分珍罕，陳督軍也出過金幣，確然沒有記載，未之聞也。

（各位當然知道，陳天豪三字，只是一個假托的名字，這是我叙述故事的一貫作風，反正名字只是一個名字，假托的和真實的都一樣。）

我再翻過來，看幣上的肖像，自然也不能看出什麼名堂來。我問收藏家：「為什麼只有一枚？習慣上，鑄幣廠會鑄造許多枚，就算不公開發行，也可以供大帥拿來作賞人之用。」

收藏家一拍大腿：「問得真在行，你且看這金幣鑄造的年份。」

我早就留意到了，第一眼看到的時候，我心中就想到，真巧，恰好是白素出生的那一年。這時，再經收藏家一提，我又想到了這點：這一年，也正是陳大帥遭難的年份。

陳大帥兵轄三個師，三個師之中，第一師師長由他自己兼任——軍閥很喜歡這樣子，像吳佩孚，官拜直魯豫三省巡閱使，可是仍一直兼任着第三師的師長。

陳大帥麾下的第二師、第三師師長、副師長，自然都是追隨大帥多年、忠心耿耿的老部下。可是在天下大亂的時候，道義兩字，在人心之中，到底還有多少價值，也就很難說了。

受了敵人重金收買，又許下極誘人的條件的兩個師的首腦人物，選擇了農曆新年發動叛變——安排得相當戲劇化，兩個師各送了兩串有上萬爆竹的爆竹串，在高級軍官向大帥拜年的時候，燃點起來，就在震耳欲聾的爆竹聲、喜氣洋洋的新年裏，叛軍一早挑選好的精銳部隊，衝進了大帥府，見人就殺。

爆竹聲掩蓋了槍聲，直到帶頭的軍官，衝進了大帥當時所在的偏廳，大帥和他的警衛部隊，才知道發生了變故，倉皇抵抗，自然無一倖免。

這一段經過，有着相當多當年參與其事的人，或是劫後餘生的人的記載，大致都相同。那些背叛的將領，後來沒有一個有好下場，都給他們的收買者整治得死去活來。

正由於我們知道這段經過，所以在韓夫人一說出她父親是誰時，我和白素才會感到如此驚訝。

因為算起來，韓夫人那年，八歲不到，還是一個小女孩，照說在這樣的大變故之中，萬無倖理，卻不知怎麼給她逃了出來，或許恰好有高人打救——驚天動地改朝換代的大變故，雖然有不少記載，當然誰也不會去留意一個小女孩的下落的。

金幣上的年份是這一年，可是事實上，這一年，陳大帥只過了半天就已遇難，金幣當然是早一年鑄成，準備在這一年使用的，但怎麼會只有一枚呢？

我指着金幣：「陳督軍就在這一年的大年初一出了事，這金幣……根本沒有用過。」

收藏家大是高興，又恭維我了幾句，才道：「金幣一共是三千枚，出事的時候，混亂之極，奇襲大帥府的軍人，雖然說領有命令，可是大帥府中的金子銀子，奇珍異寶，何等之多，見到的人，誰不眼紅，自然也不會在那種混亂的情形之下廉潔奉公了。」

我「啊」地一聲：「金幣被搶走了？」

收藏家點頭：「是，發現金幣的，是一個團長和兩個連長，那是一隻十分結實的木箱，打開一看，就是三千枚閃閃生光的金幣，那團長當機立斷，也不想升官，只想發財，就命那兩個連長，抬了那箱金幣，脫離了隊伍，一直向西走，進入了苗疆。」

這時，聚集在收藏家身邊聽他講故事的人，愈來愈多，收藏家也抖擻精神，講得有聲有色。

我心中暗笑，心想這些事情發生的經過全都隱秘之極，他怎麼會知道，自然是任意瞎編的了。

收藏家略停了一停，續道：「本來，三個人平分，或是團長多拿一份，也足以安享晚年了，可是人心險詐貪婪，兩個連長暗中商議，要把團長害了，兩人再對分，偏偏團長機靈異常，不等那兩人發動，就先發制人，結果兩個連長死在團長槍下，可是混戰之際，正在一個極陡的斜坡之上，團長也受了傷，他身子在斜坡上滾下去，那箱金幣跟着滾下來，下滾之勢，滾得比他人快，眼看他就要被那箱金幣壓成肉醬了——」

收藏家講到這裏，我有忍無可忍之感，大喝一聲：「等一等，這些經過，你怎麼知道得如此清楚，就像你親眼目睹一樣？」

給我一提醒，聽故事的人，也都覺得收藏家的叙述，大有問題，所以各人都笑嘻嘻地望着他，看他如何可以自圓其說。收藏家卻不慌不忙地道：「我雖然未曾親眼目睹，可是出售這枚金幣給我的人，卻是他的親身經歷，是他告訴我的。」

想不到會有這樣的回答，我立時問：「是那個團長？他還在人間？」

收藏家眉飛色舞：「自然還在人間，就是前兩天，他拿了這枚金幣來求售的。」

當時，我還未曾料到事情和我們探索的隱秘，有着直接的關係，只是事情和陳督軍有關，多了解一些，也是好的，我也不耐煩聽收藏家的複述，急着問了當年那團長的住址，立即和白素聯絡上了之後，就告辭了。

我和白素，幾乎是同時到達那團長的住所門口的。團長的經濟情況顯然欠佳，住的是郊外的一間簡陋的石屋。白素先問：「究竟是怎麼一回事？」

我把看到金幣和那收藏家的故事，說了一遍。白素皺着眉：「大小姐那時不知所終，事情和……爹的關係不大，爹甚至沒有見過大帥。」

我道：「總是當年隱秘的一環，先聽聽團長怎麼說，也是好的。」

白素點了點頭：「事情發生的時候，我還沒出生，那是正月裏的事。」

我笑道：「是啊，你還在令堂的胎中。」

白素嘆了一聲，自然是為了直到那時，她們也不知道自己的母親是什麼人之故。

我們叩門，過了好一會，才有一個滿面花白鬍子的男人來應門，他一手拿着酒瓶，全身酒氣，瞪大着眼看着我和白素。我一開口，就是地道的四川話：「老哥，你是挑過梆梆槍的，我們直話直說，不和你扮燈兒，希望聽你說一段往事，不會白聽你的，要不要造點粉子，邊造邊說？」

這一番話，是我早想好的，所以說起來，流利無比，這個若干年前是團長，應該也是袍哥，如今年事已高，又潦倒不堪的四川漢子聽了之後，眼睛眨巴了至少有一分鐘之久，想是他久矣乎未曾聽這樣的土話，也不容易一下子就接受了。

但是在一分鐘之後，他顯然明白了「梆梆槍」就是盒子炮，那是軍官才有資格佩戴的槍械，表示我明白他的身分。「扮燈兒」是開玩笑，「造粉子」是吃飯，那根本是袍哥的黑話。

等他弄明白了我的話，他發出了一下怪叫聲，現出了十分興奮的神情，大聲道：「好！娃子和妹子，一起進來，想知道什麼，只管問。」

把我們讓進了石屋，自然陳設簡單，我和白素並不坐（也沒有可坐的地方），開門見山就問：「當年你們打陳督軍的翻天印，你得了一箱三千枚金洋，走到苗疆，又起了窩裏翻，我就想聽聽這段經歷。」

四川土話中，「打翻天印」就是背叛，以下犯上——接下來團長和我們的對話，自然全以四川土話進行，但是若照實記述，十句有三句要翻譯，未免十分麻煩，所以還是用口語來記述，只在有趣的地方，才用土語。四川語在中國語言中佔相當重要的地位，多少了解一些，很有好處，這情形，就像我在記述《錯手》、《真相》這兩個故事時，使用了若干上海方言一樣。

團長喝了一大口酒，嘿嘿冷笑了起來：「打督帥的翻天印，那是師長旅長的事，還輪不到我這個小小團長的份，倒是那一箱子金洋，我一直到現在，閉上眼睛，還可以覺得金光耀眼。」

他那樣説，雖然誇張了一些，但是對一件事，印象真正深刻，畢生難忘，也是有的。

我道：「你差一點被那箱金洋壓死，自然更不會忘記了。」

團長忽然打了一個寒戰：「忘記？我記得一清二楚，連那箱金洋滾下來時候的隆隆聲，我現在都聽得見。」

看來，這團長説話，習慣了「擸鼻子」（吹牛、誇大），我也不去理會他，只是追問：「那你是怎麼樣死裏逃生的？一箱金洋，又何以只剩下了獨獨的一枚？」

團長瞇着眼，他的目光本來十分渾濁，可是一瞇眼之間，反倒相當有神。他抿着嘴，過了一會，才道：「我虧了那兩個龜兒子，自己也帶了傷，一個打倒栽，滾下斜坡，連人帶箱，一起滾下去，斜坡下是萬丈懸崖，就算不被一箱金洋壓死，跌下懸崖，也難逃一死，那時的情形，現在想起來，還直冒冷汗，可就在那一刻，命不該絕，斜坡裏，不知打哪裏竄出來一條漢子，身手矯捷得如同花豹子一樣，我也是打打行（武術界）的人，幾時曾見過這樣的好身手來。」

團長說到這裏，又大口喝酒，我和白素互望了一眼，心中起了疑惑，團長又道：「那漢子一伸手就抓住了我，又一腳踢向那箱金洋，我百忙之中，看了他一眼，見是天神一樣的一個大漢。」

白素和我齊聲問：「後來，你知道了那漢子是什麼人？」

團子點頭：「後來我問人，一說那漢子的模樣，就眾口一詞，說他是陽光土司。」

是白老大。這對我們來說，實在是意外之喜。

團長嫌我們打岔，揮了揮手：「那一腳，踢得箱子彈了一彈，撞在一塊大石上，唉，那漢子絕想不到箱子中是三千枚金洋，他疾聲問我：『你也是飛機上的？』這句話，聽得我一頭雲霧，反說了一聲：『你說什麼？』那漢子才又問：『你不是摔飛機死裏逃生的？』我仍然不明白，只是一個勁搖頭——那時，箱子撞上了一塊大石，『嘩啦』一聲，撞得粉碎，箱中的金洋，全都飛了起來，像是炸開了一天的金花。」

團長說到這裏，急速地喘起氣來，要三大口酒才壓得下去，續道：「那石頭在懸崖邊上，金洋像是一蓬驟雨，落向懸崖之下，只有一枚，反向我們所在處飛來，被那漢子一伸手，抓在手中——就剩下了這一枚，那漢子真是人物，他硬是給了我，我一直保存到現在，真正窮得過不下去了，這才出手的。」

我和白素對他並無興趣，只是急急地問：「你和那陽光土司之間的每一句話，他的每一個動作，你都好好回想一下，告訴我們。」

團長卻有點不樂意了：「我幹啥子要賣你們這個帳？」

我向白素一指：「她是陽光土司的女兒。」

團長聽了我的話之後，反應好像被人在頭頂用鐵錘敲了一下，整個人向上彈了起來，用力揉着眼，盯着白素看了一會，才道：「是有點像，可是那時候，我以為你是男娃子。」

我一作手勢：「別亂七八糟地，慢慢說。」

團長的神情十分激動，我叫他慢慢說，可是他說來還是有點顛來倒去，他先道：「既然是恩人的女兒，我還能不巴心巴肺（竭盡所能，一心一意）嗎？那漢子……恩人救了我之後，有一個小娃子奔到他身邊，是三撮毛，卻又管漢子叫爹，我以為……」

他說到這裏，又斜眼向白素看來，我這才算是明白了他的意思，忙道：「那是她的哥哥，那時候，她還未曾出世。」

團長「哦哦哦」地應了七八聲，才道：「那漢子一伸手抱起了小娃子，就問：『大帥府發生了什麼事？』他才救了我一命，而且有一股威嚴，叫人不能不回答他的話，我就把兩個師的長官都叛變了的事，說了一下，那漢子兩道濃眉上豎，神情十分難以捉摸，忽然大喝一聲：『去吧！』乖乖，張飛喝斷橋的那一下巨喝，也就差不多了，我自然連滾帶爬離去，他又趕了上來，把那金洋給了我，就抱着小娃子走了，就像神仙一樣。」

我和白素在團長的敘述之中，意外地知道了他曾見過白老大，甚至白奇偉，那是意外收穫，自然心中狂喜。可是說下來，我們所得的資料又不是太多，未免又有些失望。

我想了一想，又問：「他根本沒有向你通名，你怎知他是陽光土司？」

團長道：「我後來向人說起獲救的經過，聽到的人之中，有見識的都說，那是陽光土司，最是行俠仗義，救急扶困，是天神一樣的人物，我是交了好運，才會遇上了他，死裏逃生。」

白素又問：「他問你是不是飛機上的，那是什麼意思？」

團長努力眨巴着眼睛，一面又大搖其頭：「我不明白，他先問我是不是飛機上的，又問我是不是摔飛機死裏逃生的？飛機這玩意我見過，可是卻沒坐過，老大的鐵傢伙，在天上飛，總靠不住吧？」

我和白素互望了一眼，沒有回答他的問題，我問：「你再想想，還有什麼不記得的。」

團長很認真地想了一回：「有，那鐵一樣的漢子，抱着小娃子，對小娃子說話的時候，竟然也很柔聲柔氣，他道：『該回去了，你媽會惦記，唉，可是那兩個人，又不能不理，你能自己先回去？』我當時聽了，就嚇了，跳，不論他住得多近，叫一個才歲大的小娃子自己回去，在苗疆的叢山之中，總不是路吧。我想提醒他，可是他已抱着娃子，轉過山角去了。」

團長的這一番話，倒是把白老大形容得活生生地，白奇偉那時小得可能才學會走路，可是白老大已確信他可以自行回家。

白奇偉早已長大成人，並沒有在苗疆遇險，自然不必為他擔心，而當時，白素出神之極，緊握住了我的手，發了好一會呆，這才站了起來，低聲道：「再問不出什麼來，走吧。」

我們在離去的時候，她一直握住我的手，直到回到家中，她才道：「你剛才聽到沒有，那……團長說爹曾對哥哥講，再不回去，媽會惦記。」

我點了點頭，我非但聽到，而且也知道白素有點失常，正是這句話的緣故，因為在這句話之中，白老大提到了她的母親。

可是，接下來白素卻說了一句情緒之極的話：「原來我真是有媽媽的。」

我的第一個反應是想說「這是什麼話，你當然有媽媽！令尊再神通廣大，也不能生你出來的吧」，可是我看到白素在說了這句話之後，一副嚮往的神情，又帶着深刻的哀傷，我便不敢取笑她，她這時的情緒，其實不難了解——她直到這時，才間接地聽到她的父親提到母親。

對於白素這樣一個聰明善感的女性來說，這實在是令人啼笑皆非，十分傷感的事。

我想了一想，才道：「你當然有母親，只不過由於某些理由，令尊不願提，而我們這些年來，所作的努力，就是——要揭露這處秘密。」

白素低聲道：「幫助我。」

我提高了聲音：「這是什麼話，也和我大有關係。」

白素深深地吸了一口氣，半晌不語。

（各位都知道，許多年過去了，這處秘密始終沒有被揭開，雖然獲得的資料漸漸增加，可是在大多數的情形下，得到了一些新的資料，也同時帶來了新的疑問。）

（但秘密是終於會揭露的，我和白素，終於有了苗疆之行，並不是為了尋找烈火女而去，而是另外有事，在那次苗疆之行中，發現了女野人紅綾，從白素教導紅綾的過程之中，引出了許多陳年往事來，各位必然已經料到，紅綾是一個關鍵人物。）

（紅綾如何會是這個大秘密中的關鍵人物？似乎一點關係也扯不上，怎麼可能是？）

（當然可能是，看下去就會明白。）

（看下去？這本書已經只剩幾頁了，怎麼快速交代，也不能「水落石出」了。）

（真要快速交代，五句話就可以了，連一部《紅樓夢》，濃縮起來，十句話也可以交代完畢，可是作者偏偏要「滿紙荒唐言」，慢慢詳細道來，這才是小說。不必求其速成，《探險》之後，可以《繼續探險》——天地良心，才開始敘述這個故事的時候，並無「繼續」之意，但是在敘述的過程之中，一來是有趣的事極多，二來，有關當年的隱秘，一樁樁，一件件，簡直層出不窮，捨棄了哪一件，故事就無法完整，而這個故事，又是必須完整的，因為牽涉到的事實在太多了。）

（原諒則個。）

白素在沉默了半晌之後才道：「那……飛機……又是怎麼一回事？」

我早已想過了這個問題，所以回答得很快：「一定是附近，有一架飛機失了事，令尊才會以為那團長也是飛機失事的餘生者。」

白素同意我的說法，她補充道：「失事飛機還有兩個餘生者，他們受了傷，要照顧，所以爹才會要我哥哥獨自先回去。」

我也同意白素的話，但是卻提出了我的意見：「這兩個劫後餘生的人，應該和整件事無關。」

白素搖頭：「未必，至少在那團長獲救的時候，我們的家庭，還是一個快樂家庭。」

我呆了一呆，閉上了眼睛，白素用「我們的家庭」這樣的詞句，實在有點怪，因為那時，她還未曾出世，她在七個月之後才出生。

那麼所謂「快樂家庭」的情形又如何呢？由父親，歲半大的兒了，和一個懷孕兩個月的母親所組成。

七個月之後，這個「快樂家庭」中主要的成員母親突然不知所終，由父親帶着兩歲大的兒子和才出世的女兒離開了苗疆，而後那麼多年，母親一直沒有出現，父親絕口不提，可想而知，就在那七個月之間，發生了可怕之極，難以想像的變化。

而那兩個飛機失事、劫後餘生的人，恰在這七個月之後出現，當然很有可能，事態的發展和他們有關——白素那樣說，自然是根據這個推論而來的。

我們互望着，都一起點了點頭。於是有很長的一段日子，我們致力於尋找那失事的是什麼飛機，餘生的是兩個什麼人。

可是根本無案可稽，無迹可尋。事情過去了好多年，又發生在那麼偏僻的地方，連查也無從着手調查——問白老大，他自然會有第一手資料，可是他不肯説。而且我、白素和白奇偉三人，也和白老大鱉上了氣，較上了勁，你不説，我絕不再問，而一定要憑自己的力量，把結果找尋出來。

所以，到白老大因為腦部有小瘤，要開刀，醫生説機會只是一半一半，而又有奇妙的石片上的圖案，顯示他腦部的X光片的情形時，是他的生死關頭，應該是他吐露秘密最好的時機，他也似乎有意把秘密說出來，但我們三人的反應是：你死不了的。

那意思就是說：有什麼話要說，到必死無疑時才說。

（白老大那段入院動手術的經歷，詳細記述在《命運》這個故事之中。）我們一直在進行探索，可是一直沒有什麼收穫。直到紅綾的出現，才有了新的發展。

哦，對了，那一百五十多卷錄影帶，我還沒有看完，就倒敘起往事來了，等到看完之後，是不是會有更多的發現呢？

當然有，不然，故事只有一半，豈不變成紀曉嵐取笑太監的笑話了？

（本書續篇為《繼續探險》）

衛斯理小說典藏版　41

探險

作　　者：　衛斯理（倪匡）
責任編輯：　蔡敦祺　　常嘉寧
封面設計：　李錦興
出　　版：　明窗出版社
發　　行：　明報出版社有限公司
　　　　　　香港柴灣嘉業街18號
　　　　　　明報工業中心A座15樓
電　　話：　2595 3215
傳　　真：　2898 2646
網　　址：　https://books.mingpao.com/
電子郵箱：　mpp@mingpao.com
版　　次：　二〇二二年七月初版
I S B N：　978-988-8688-89-0
承　　印：　美雅印刷製本有限公司